室蘭地球岬のフィナーレ

平石 貴樹
Hiraishi Takaki

光文社

室蘭《むろらん》地球《ちきゅう》岬《みさき》のフィナーレ

装幀　岡本歌織（next door design）
装画　またよし
図版　デザインプレイス・デマンド

目次

登場人物（年齢は二〇二二年一月時点のもの）

渡会陽二郎《わたらいようじろう》（46）「わたらいワイナリー」社長。
渡会紗栄子《わたらいさえこ》（40）陽二郎の妻。
渡会進一《わたらいしんいち》（17）陽二郎・紗栄子の息子。
渡会慶太郎《わたらいけいたろう》（51）陽二郎の兄、医師。
渡会喜三郎《わたらいきさぶろう》（44）陽二郎の弟、「わたらいワイナリー」副社長。
阿藤邦彦《あとうくにひこ》（52）「わたらいワイナリー」専務。
小布施茂雄《おぶせしげお》（50）元「わたらいワイナリー」社員。
小布施汐里《おぶせしおり》（18）茂雄の娘。
小布施拓海《おぶせたくみ》（17）茂雄の息子。
北都留奈々子《きたつるななこ》（34）「小樽ワイン」函館営業所長。
北都留飯男《きたつるいいお》（27）奈々子の弟、水泳コーチ。
嶋岡円佳《しまおかまどか》（17）渡会進一の友人。
森下輝龍《もりしたきりゅう》（17）小布施拓海の友人。
上杉瑠菜《うえすぎるな》（17）小布施拓海の友人。
川野《かわの》**マリア**（17）小布施拓海の友人。
糸川静代《いとかわしずよ》（37）室蘭のホテル従業員。
糸川豊《いとかわゆたか》（17）静代の息子。

舟見俊介《ふなみしゅんすけ》（47）函館方面本部警部補。
山背初夫《やませはつお》（51）室蘭南署警部補。
ジャン・ピエール・プラット（23）フランス人大学生。

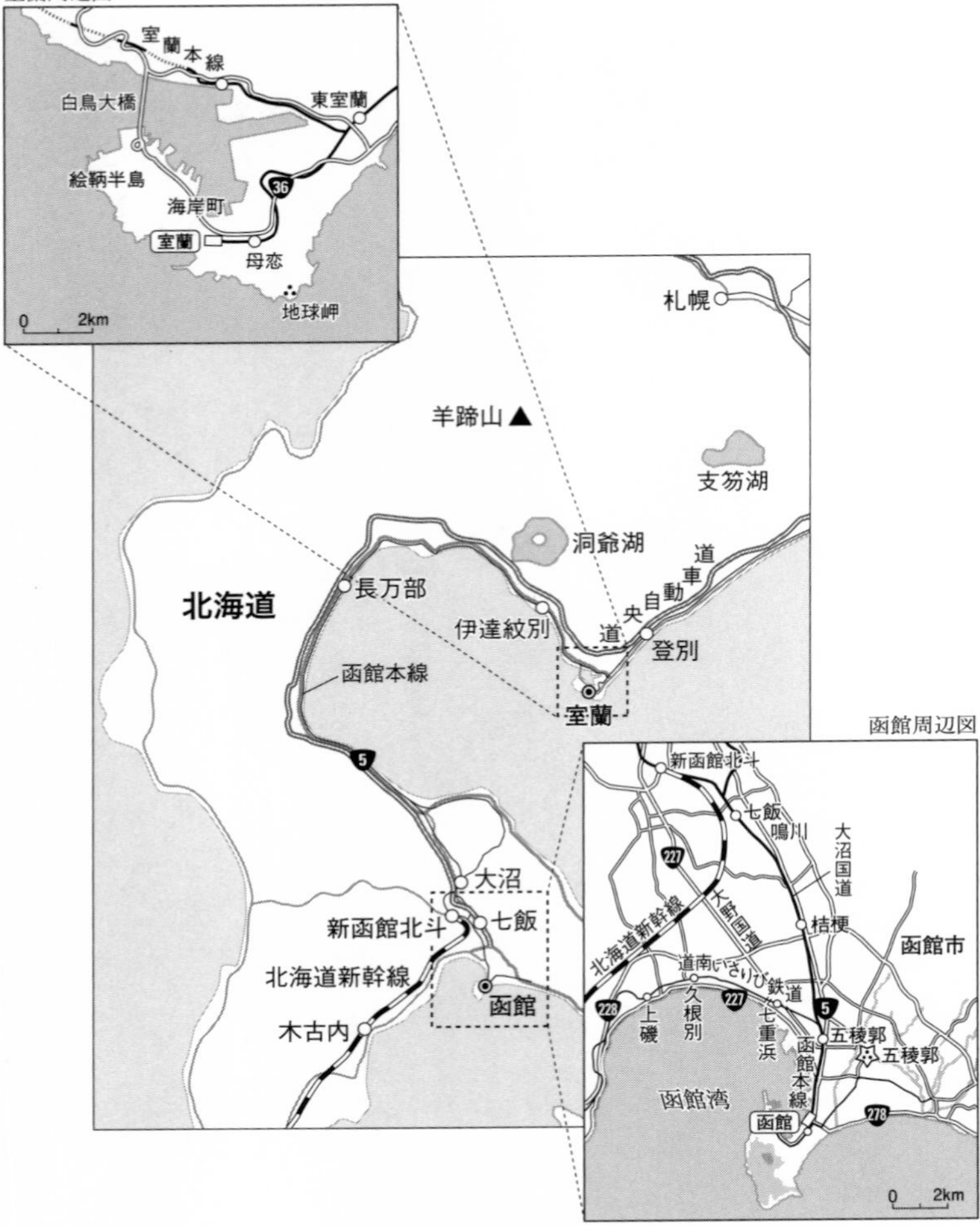
室蘭周辺図
室蘭本線
白鳥大橋
東室蘭
絵鞆半島
36
海岸町
室蘭
母恋
地球岬
0
2km
札幌
羊蹄山
支笏湖
洞爺湖
道央自動車道
北海道
長万部
伊達紋別
登別
函館本線
室蘭
5
大沼
新函館北斗
七飯
北海道新幹線
函館
木古内
函館周辺図
新函館北斗
七飯
鳴川
大沼国道
227
大野国道
北海道新幹線
桔梗
函館市
道南いさりび鉄道
228
上磯
久根別
227
七重浜
5
五稜郭
五稜郭
函館本線
函館湾
函館
278
0
2km

第一章　七飯町《ななえちょう》の事件

1

二〇二二年一月、新型コロナウイルスが何度目かの波となって全国を襲っていた。北海道の感染は札幌《さっぽろ》エリアが大半だったが、函館《はこだて》でもそれなりに患者数が増えて警戒感が強まり、マスクをつけた人々が雪の中をそそくさと帰宅した。

その影響か、このところ凶悪犯罪が減少し、刑事課の刑事たちも窃盗犯や家庭内犯罪の捜査を手伝っていた。だが、二十日になって事件が発生、七飯町の会社社長宅から出た火事が放火らしく、焼け跡から社長の焼死体が発見され、一人が重傷を負った。

七飯町は函館市にも北斗《ほくと》市にも属さない、両市にはさまれた縦長の地域だ。おもな最寄り駅は新幹線開通にともなって造られた新函館北斗駅だが、昔から、町をつらぬく国道五号とそのバイパスである函館新道《しんどう》を利用した車やバスが交通手段の中心だった。警察は函館中央《ちゅうおう》署の管轄である。

函館のベッドタウンの色彩が強いが、果樹、花卉《かき》など農業も多様だし、大沼《おおぬま》国定公園という一流の観光地も持っている。火元の当主・渡会陽二郎《わたらいようじろう》も、ワイン会社「わたらいワイナリー」

をこの地で堅実に経営してきた。

前日から降りしきる雪の中、火は七飯町鳴川《なるかわ》の渡会家居間からあがった。午後八時前だった。隣家の通報で消防車が駆けつけ、十一時すぎ、木造二階建て家屋がほぼ全焼したのち鎮火した。消火が始まったころ、ひどい火傷《やけど》を負った少年が、母屋と土蔵《どぞう》造りの倉庫のあいだの雪だまりに倒れているのを消防隊が発見した。顎や胸から腹が焼けただれ、意識がなかった。足跡から、火の回った玄関から逃げ出し、身体を冷やすために雪の積もった裏手へ回り込んで、そこで倒れたと想像された。幸い裏手の壁は燃え残り、倉庫も周辺の雪も無事で、少年が横たわった向こうには一メートルを超える雪の山もあった。

少年の担架に近づいた近所の住民が、渡会家の一人息子、進一《しんいち》だと教えた。ジーンズの尻ポケットから黒革の財布がはみ出していたので、救急隊員はポケットの奥へ押し込んだ。進一は七飯本町の救急病院へ搬送された。

たまたまそのころ、舟見俊介《ふなみしゅんすけ》は家の用事を終えて現地を通りかかり、住民に割り込んで見物を始めていた。顔見知りの消防士がいたので小声で訊いてみると首をかしげ、放火くさいすね、と言ったので俊介は緊張した。

人々はマスクから白い息をあふれさせながら、コートのフードを頭からかぶってじっと立っていた。雪はともすると、炎を映して一瞬のオーロラのようにきらめいた。

渡会陽二郎の弟で「わたらい」副社長の喜三郎《きさぶろう》が駆けつけ、それから陽二郎の妻、紗栄子《さえこ》もタクシーで帰宅した。紗栄子は白い顔をゆがめ、タイトな紺のドレス姿で歩き回った。コートもハンドバッグもタクシーに置きっぱなしで、運転手が追いかけてきて呆然としていた。喜三郎が駆け寄ると、その手を振り払った拍子に紗栄子のハイヒールの踵《かかと》が折れ、雪泥《せつでい》の中に膝と手をついた。おいや、いたわしいねえ、と人々はささやいた。

鎮火してみると、瓦屋根と柱は焦げて残ったが、二階の一部が焼け落ち、家の中はあらかた炭になっていた。

やがて焼け跡から黒焦げの遺体が運び出された。身長や体格などから、兄の陽二郎に違いないと喜三郎は言った。いや、いや、と首を振った紗栄子も、しまいには認めざるをえなかった。喜三郎が紗栄子をなんとか歩かせ、進一が運ばれた病院へ連れて行った。


陽二郎が倒れていた居間の中央部付近が火元であるらしいこと、灯油の匂いが残るもののストーブには異常が認められないことなどから、放火の疑いが濃厚だと消防隊から通報を受け、中央署と方面本部の刑事たちが出向いてきた。俊介はかれらを出迎え、挨拶もそこそこに知っている限りの事情を説明した。進一が搬送された病院へただちに四人が向かった。

ほかの面々は、近隣の住民や見物人に聞き込みを始めたが、大きな成果はなかった。渡会宅は人通りの少ない、畑まじりの住宅地にあった。

一時間後、病院へ行った刑事の一人が戻ってきた。進一はここしばらくが正念場だという。持ちこたえるとしても火傷がひどいので、回復への道のりは予測できない。函館市内の病院に勤務する渡会家の長兄・慶太郎《けいたろう》が駆けつけて、詳しい説明を聞いたということだった。

喜三郎は、新商品のムースの試食のために五時に陽二郎を訪ね、迎えの車が来る六時ちょうどに渡会家を辞した、と述べた。そのとき陽二郎と進一は、ともに居間にいて、灯油ストーブは燃えていたが、むろん火事の気配などなかったという。

紗栄子は五時前に家を出て、六時から函館市内の知人の結婚式に出ていた。自宅にいるときの陽二郎の夕食はだいたい六時から六時半、紗栄子が留守にするときにはたいていカレーなどを作り、炊飯器のスイッチを入れればいいようにしておくのだという。キッチンはさほど焼けなかったので、ホウロウの鍋はカレーがたっぷり入ったままで発見されたが、蓋や側面は汚れて黒ずんでいた。炊飯器も熱を受けていくらか溶けていたが、もちろんそれで飯が炊けたわけもなく、水びたしのコメが見つかっていた。

喜三郎が渡会宅を去ってから約二時間後に出火している。そのあいだに誰かが来て火をつけたらしい。そのとき陽二郎と進一はどうしていたのか。黙って見ていたはずはないから、拘束されたか、眠らされたかしていたのだろうか。

陽二郎の解剖の結果からなにかわかるかもしれないが、現状では、進一が最終的に自力で脱出できた事実から判断して、拘束や危害はなかったと見るべきだろう。二人は眠らされ、火が出たとき、進一だけが間に合って目を覚ましたのではないか。いずれにしても、進一が助かって意識を取り戻しさえすれば、真相は明らかになる。刑事たちはそんなことを話し合った。

陽二郎が進一を巻き込んで自殺を図った可能性はないか、という意見も出た。自殺するために自宅に火を放ったり、息子を巻き込んだりするのは異常とも思えるが、前例がないわけではない。ただし妻紗栄子も、弟であり部下である喜三郎も、自殺はありえないと否定した。陽二郎は温厚でしかも前向きの人柄だったという。四日後に一家で大沼にスキーに行くのを楽しみにしていた、という話も出た。

あるいは息子がなにか問題を起こして、父親とのあいだで諍《いさか》いがあったのだろうか。だが住民によれば、家族間のトラブルなどおよそ考えられなかった。進一は両親に大切にされ、のびのび育った十七歳、函館の名門高校に通う二年生だった。

深夜一時を回ってから、中央署に七飯社長宅放火殺人事件の捜査本部が設けられた。ほぼ半年ぶりの新捜査本部だった。

2

翌朝雪はやんだが、まだ降り足りなそうな雲が垂れ込めていた。テレビ局のカメラや記者たちが、現場付近にも病院にも、中央署にも集まってきた。

進一の病院に居残って、喜三郎や「わたらいワイナリー」の社員から話を聞いてきた刑事たちから報告があった。会社でのもめごと、陽二郎社長が誰かの恨みを買った可能性について、しいて言えば最近持ち上がっている、小樽《おたる》のワイン会社との業務提携の問題があるかもしれない、とのことだった。社長は提携に慎重だが、社内は賛否両論に分かれている。阿藤邦彦《あとうくにひこ》専務などは堂々と提携推進を主張していたという。

もともと「わたらい」は、戦後小樽で修業を積んだ陽二郎らの父幸吉《こうきち》が興した会社で、小樽から受け継いだ国産ぶどうを原料としている。だが独立後は独自の研究を重ね、さまざまな種を配合して熟成タイプの高級ワインの醸造に努め、近年それが定着してきた。小樽側にはこれが面白くないらしく、ここ数年、ほぼ同種類の新製品を販売するなど敵対的な商戦を展開し、陽二郎社長は「わたらい」の情報が小樽に盗まれているのではないかとさえ疑っていた。他方、小樽側は五年前から函館駅前に営業所を設け、常駐の社員を置き、業務提携も正式に申し入れてきている。

社員たちからの説明を喜三郎に確認すると、だいたいその通りだと言ってうなずき、ため息をついた。小樽との確執が事件の背景なのだろうか。

「で、社長と対立してた、業務提携派というのは、まず阿藤専務ですか。ほかに誰がいますか？」と刑事が喜三郎に尋ねると、横で放心したように黙っていた紗栄子が、

「あんたでしょ」と前を向いたまま言った。

「え、おれ？」と喜三郎は一瞬驚いたが、

「おれはどっちだっていいのさ」と苦笑いしながら言った。

阿藤邦彦専務は、渡会家の長兄・慶太郎医師の旧友で、三兄弟を子ども時代からよく知っている人物だった。

それから喜三郎が、関係のない話だと思うけど、との前置きで語ったのは、小布施《おぶせ》茂雄《しげお》という去年退職した社員の話だった。小布施は小樽に近い余市《よいち》の出身であるばかりでなく、入社後しばらくしてから、「小樽ワイン」の営業部長と同郷の従兄弟《いとこ》同士であることもわかった。その結果、「わたらい」の情報が小樽へ漏れていることを疑ったとき、陽二郎社長がまず念頭に浮かべたのが小布施経理課長だった。小布施は否定したが社長の疑念は晴れず、去年小布施の周辺で百万円の使途不明金が出たのをきっかけに、小布施を依願退職させてしまった。小布施が横領した証拠はなかったが、あいにく形式上の責任者だった。喜三郎は気の毒に思い、知り

合いの肥料会社に小布施を再就職させた経緯がある。

この件はほかの社員たちにも確認が取れた。さっそく刑事が二人、小布施茂雄から話を聞くために北斗市久根別《くねべつ》の肥料会社を訪ねていった。


昼すぎに遺体の解剖所見が出された。死因は煙や煤《すす》を吸い込んだ窒息、したがっていわゆる焼死と認められる。頸部《けいぶ》その他に外傷は認められない。血液中から睡眠薬の成分が検出された。やはり犯人は二人を眠らせておいて火を放ったようだ。

居間の焼け跡から、割れたコーヒーサーバーが見つかり、そこからも同じ睡眠薬成分が検出された。喜三郎によれば、自分が行ったとき進一がキッチンでコーヒーを三人分いれてくれたが、トレイにカップを三つ載せて運んできたことを覚えている。サーバーはそのとき、居間まで持ってこなかったのではないかと言う。トレイはソファの下に落ちていた。

カップは四個居間から見つかったが、焼けただれて指紋その他の識別は困難だった。四個とは、陽二郎と進一と喜三郎、それに誰か新しい客が使ったものだったろうか。サーバーは新しい客のために居間へ運ばれたのだろう。

所見にはさらに、遺体の顔や身体の損傷がひどいので、身許《みもと》確認のため歯型鑑定などを推奨する、と付記されていた。それには捜査本部ももとより同意見だった。自殺の疑いもある以上、まんがいちにも陽二郎が身代わりを仕立てて焼死させた、などという奸計《かんけい》がまかり通っては大変だ。陽二郎のかかりつけの歯科医について訊くために、捜査員が病院にいる紗栄子のもとへ派遣された。

3

まもなく指令センターから連絡が入った。若い女の声で一一〇番通報があり、「ゆうべ七時すぎに、オブセタクミが渡会の家のほうへ行くのを見ました」と二回繰り返して、ほかの問いかけには答えず電話を切ったという。調べてみると、小布施拓海《たくみ》は小布施茂雄の長男、十七歳だとわかった。渡会進一と学校は違うが同学年だ。拓海と進一のあいだになにかあったのだろうか。

通報は函館市内、杉並町《すぎなみちょう》の公衆電話ボックスからだった。録音された声は十代から二十代の女らしい。名乗らなかった点から見て、拓海を陥《おとし》いれようとするガセネタかもしれないが、事情を調べることになった。

小布施拓海について照会しているあいだに、進一の病院に詰めた刑事からも同様の連絡が入った。渡会喜三郎が昨夜渡会宅で進一と話したとき、小布施の息子が七時か八時ごろ訪ねてくると言っていた。息子はたしか拓海という名で、進一とは友達ではなかったかと思う。自分が六時に帰るときには、拓海はまだ来ていなかったし、帰路の車からも姿を見かけなかったが、その後来たのだとすれば、なにか目撃しているかもしれない。まさか火事に巻き込まれてはいないと思うが、どうだろうか。これまで兄と甥のことで頭が一杯だったが、今になって拓海が心配になってきた。元気でいるとすれば、今ごろなにか言ってきてないだろうか。喜三郎はそう質問してきたという。

小布施拓海は五稜郭《ごりょうかく》界隈にたむろする若者の一人で、補導歴があって交番の巡査が顔を見覚えていることがわかった。山形《やまがた》警部はその巡査を呼んだ。

拓海は百八十センチの立派な体格で、函館市内の私立高校に通い、上級生の喫煙と飲酒のグループに交じって遊んでいる。暴力団との繋《つな》がりはなさそうだ。去年の八月、高校生数人の喧嘩《けんか》があって、巡査は通報を受けて駆けつけた。刃物などは使われなかったので、厳重注意の上、親を呼んで引き渡した。仲間がインネンをつけられたので庇《かば》ったのだと拓海本人は言っていた。巡査が記憶しているのはそんなところだった。

授業が終わる時刻を見はからって、俊介と山形が巡査と一緒に出かけていくと、拓海は朝から学校を無断欠席していることがわかった。ただちに捜査本部へ連絡し、二人の刑事が拓海の自宅へ急行した。

交番巡査が男子高校生三人を選んで声をかけ、拓海の行方を探りつつ、ゆうべの拓海の行動についても質問した。一番仲のいい同級生、森下輝龍《もりしたきりゅう》によれば、拓海は渡会進一のなにかの発言に腹を立てて、昔の仲間から進一の電話番号を聞き出し、さっそく電話をかけた。それが十九日夜のことで、明日の夜、七時か八時にそっちの家に行くから、と拓海は言っていたという。進一のどんな発言に腹を立てたのか、拓海は説明しなかったし、誰も知らなかった。あの野郎、調子こきやがって、と電話を切ってから拓海は悪態をついた。拓海はふだんは乱暴な男ではないが、怒ると手がつけられないことがあると森下輝龍はつけ加えた。

きのうは夕方六時ごろ、五稜郭のゲームセンターで拓海を見かけたが、そのときはなにも話さなかった。今日学校をサボってどこへ行ったのか、見当もつかない、電話をかけたが出ないままだ、と輝龍は言った。輝龍のマスクは明るいグレーで、赤と緑の小さなモンスターがプリントされていた。

俊介は輝龍から拓海の携帯番号を聞き出した。だが今の段階では電話会社に拓海の携帯の位置情報を問い合わせることはできない。

山形はまた捜査本部に電話を入れた。拓海は自宅にもいなかった。ゆうべは九時ごろ帰宅して夕食を取った。今朝はいつもより早く家を出たが、母親は高校へ行ったとばかり思っていた。とりあえず母親から、拓海の最近の写真を手に入れたという。これで行方不明にでもなったらホシは拓海でほぼ決まりだ、という思いが捜査本部にも山形にも俊介にも芽生えていた。しょせん高校生なのだから、そこまで複雑な策を弄《ろう》することもないだろう。

事情を知った上で拓海をかくまってくれそうな、親しい先輩・異性・社会人についても質問したが、輝龍にもほかの仲間にも心当たりはないとのことだった。自分の家にはよく泊まりにくるが、今はもちろん来ていないと輝龍は言った。

山形は嫌がる輝龍をなだめすかし、近くのショップでハンバーガーとコーヒーを連れの分まで買い与え、拓海とつきあいのある生徒をなるべくたくさん、明日の夕方集めてくれるように頼んだ。輝龍はなにも言わないままショップの袋を受け取った。

輝龍を帰すと、山形はうーん、と唸《うな》って首をかしげた。

「なしてあったらに、拓海が怒ってることしゃべったんだべ」と山形は言った。

「そう言えば、こっちが拓海を疑うように、仕向けてるようにも見えましたね」

「なあ。もうちょっと仲間ば庇うとこ見せても、いかったんでないかな」

「山さんが怖くて、そんな余裕なかったんでないですか」と俊介は冗談めかして言ったが、山形の顔は晴れなかった。


父親の小布施茂雄は北斗市久根別町の肥料会社に出ている。午前中すでに捜査員が行ってアリバイを聴取したが、もう一度出かけて息子の所在を尋ねながら様子を観察することになった。茂雄のアリバイは成立していた。二十日午後七時五十分まで、茂雄は会社にいた。ほぼ出火の時刻で、久根別から七飯町鳴川まで五分程度で行くことは不可能だ。

茂雄が「わたらい」退社の経緯から渡会陽二郎を恨んでいる様子は特に感じられなかった、というのが捜査員の印象だった。仮に恨みが残っていたとして、それを息子の拓海が引き継ぐかどうか、首をかしげる者が多かった。だが本人が見つからない以上、さまざまな可能性を念頭に置いて捜査しないわけにはいかない。

両親のほかに、拓海には年子の姉の汐里《しおり》がいる。十八歳、道代表クラスの水泳選手で、毎日放課後には松風町《まつかぜちょう》のスイミングスクールで練習するという。俊介と山形はそちらに出かけて話を聞くことになった。

茂雄の実家は余市町で、そこに拓海の祖母が一人で暮らしている。母親の実家は室蘭《むろらん》市内、祖父母とも健在で小さな食料品店を経営している。どちらとも行き来があり、拓海はかわいがられていたという。

拓海の潜伏先として有力なのは函館界隈の友人関係だろうが、あと一日待って手がかりが得られない場合、余市や室蘭の各警察署にも問い合わせることが決まった。

4

拓海の姉・汐里は、百七十六センチの俊介とほぼ同じ背たけ、肩幅だった。マスクに大部分隠れていたが、水泳のあとだからかさっぱりした顔立ちに見えた。ショートカットの茶髪も、まだ乾いていないようだ。

山形が質問を始めてすぐ、じつは午後二時ごろ弟から電話が来て、自分は渡会の火事には絶対に関係がないが、疑われるのも不愉快なので、ほとぼりがさめるまで友達のところにいる、と言っていたと汐里は打ち明けた。友達の名前は言わず、心配しなくていい、と念を押していたという。じっと下を向いて汐里は話した。

関係ないなら、出てきてもらわないば困るなあ、と山形はわざとのんびりした口調で言った。せめてゆうべどこにいたんだか、電話で説明してくれないべか。今、いっぺん電話かけてみてくれないかい。

汐里は不承不承携帯を取り出してかけたが、拓海の電話は電源が切られているようだった。

拓海の交友関係について尋ねると、知らない、と言って汐里は強く首を振った。茶髪の毛先から水滴が飛んだように見えた。

「お姉さんとしても、拓海君があんなことをしたとは思ってないんだね?」と俊介。

「そりゃそうしょう。なんぼなんでも、そこまでしたら終わりだって、あるもの」汐里の声は低くてハスキーだ。

「だけど渡会ってば、お父さんも急に会社辞めさせられたし、一家で恨んでてもおかしくないんでないの」とあえて言ってみる。

「まさか。あの子、父さんのことなんか馬鹿にしてるもの」と言った汐里の口調は、真剣で本当らしかった。

「だけど、火事の夜、拓海君が渡会の家のほうさ行くの、見た人いるんだよなあ」と山形は食い下がった。

「……そうなの?」

「拓海君がなんだか進一のこと怒って、八時ころ会う約束してたっちゅう話だもの」

「え」と汐里は絶句する。涙がいく粒かこぼれてマスクに吸い込まれた。

「……どうなってんの」

「したから困ってるのさ」

「……そんなことになったら、あたしも終わりだわ」函館の「だわ」は女言葉ではなく、男女共通の語尾である。

「あいつ、絶対関係ないって言ったのに」と鼻声で言うと、汐里は茶髪の中に両手の指を突っ込んで頭を抱えた。そのまましばらく動かないでいたが、ようやく姿勢を戻し、リュックの中からティッシュを出すと、マスクを外して洟《はな》をかんだ。やはり顎の細いシンプルな顔立ちだった。そのあいだ考えていたらしく、ティッシュをリュックに戻してマスクもつけ直してから、

「やっぱりあたし、あの子信じるわ。放火なんて、そんな恐ろしいことする子でないんだも

の」

「そうだといいさなあ」と山形は自然に言った。

汐里自身は、当夜六時にバスで帰宅したと言った。鳴川とはすこし離れているので、消防車のサイレンはたくさん聞いたが、火事は遠いと思っていた。九時ごろ帰宅した拓海が、火事は渡会の家だと家族に教えたという。拓海は食事をしてからまた出ていったが、十一時には帰ってきた。日ごろと変わりなく、翌日からいなくなるとは夢にも思わなかった。

ともかく拓海から連絡が来たら知らせてくれ、と重々頼み込んで汐里を帰すことになった。

5

紗栄子は一日中、息子の集中治療室に面した廊下のベンチから動かなかった。あわてて買い揃《そろ》えたらしい黒いニットのセーターに黒いパンツ姿だった。陽二郎の弟・喜三郎も、また病院にやってきて、紗栄子から離れて座っていたという。

紗栄子が思い出した、陽二郎が通っていた七飯の歯科医院は、五年前に廃業していた。それを聞いた喜三郎が、歯医者に頼らなくたって、今ならDNA鑑定ですぐわかるしょう、進一の髪の毛でもちょこっともらって、親子鑑定したらどうなの、と言った。するとそばにいた長兄の慶太郎が、それならおれか喜三郎で、兄弟の鑑定してもらったらいいじゃないか、兄弟でも同じように鑑定結果は出るんだよ、と言う。それではどちらが陽二郎との比較鑑定を受けるかという話になり、いっそ二人ともやってもらうか、と慶太郎は笑いながら言った。うちの母さんにまんいち間違いがあった、なんてことがあったら困るからな。

慶太郎はマスクから顎ヒゲをはみ出させた、いかにも豪快な笑い方が似合いそうな偉丈夫だった。逆に喜三郎は、小柄で整った顔立ちだった。被害者陽二郎はその中間ぐらいだったのではないかと、居合わせた刑事は想像した。三兄弟の両親は、すでに他界しているという話だった。

ＤＮＡ鑑定の経験のある刑事が、どうせやるなら親子鑑定のほうが兄弟の鑑定よりも正確な結果が出るって聞いたことあるんですけど、と言ったが、慶太郎は笑って取り合わず、大差ないよ。念のためにご遺体のＤＮＡを確認するだけなんだから、それで十分のはずだ。進一には今、触らないほうがいいからね。そこで刑事は慶太郎、喜三郎、二人の毛髪を袋に入れて持ち帰った。遺体の身許の件はそれで落着しそうだった。

陽二郎の体内、それに現場のコーヒーサーバーからも検出された睡眠薬は、処方薬としてありふれた製品と同成分であることが発表された。ときおり慶太郎医師も、不眠がちな紗栄子に同じものを処方していたという。

俊介は夜になってから小布施茂雄の自宅を訪ねた。汐里も帰って自分の部屋にいるらしかったが、拓海からの連絡はまだないという。

食卓に向かい合ってアグラをかいた茂雄は、灰色の髪を狭い額の上にぼっさりと乗せた痩せた男だった。台所に立って炊事をしながらこちらに耳を傾けている夫人も痩せていたが、ひょろりと背が高く、立って並べばおそらく夫より高いだろうと思われた。子どもたちの長身の理由がわかる気がした。

俊介だけがマスクをしていた。遠慮して茶にも手を伸ばさなかった。

茂雄にも、夫人にも、息子が放火殺人事件の犯人であるかもしれないと恐れる不安はあまり感じられなかった。本人が電話で否定した通りに信じているのだ。

拓海が父親の気持ちを妙に思いやって、社長や渡会家の一族を恨んでいるなどとは考えられない、と小布施茂雄は笑って言った。その見方は娘の汐里と共通していた。昔から稼ぎの悪い父親を軽蔑し、愛想を尽かした息子なのだ。父親が「わたらい」を辞めたのも、ただ愚かだったせいだと息子は思っている。

昨夜拓海は九時ごろ帰ってくると、「渡会が火事だで」と珍しく話しかけてきた。自分が驚いていると、「なんだ、喜ばねえのか」と皮肉な笑いを浮かべただけだった。拓海は食事を済ませてからまた出かけたが、二時間ほどで戻ってきたから、地元の友人にでも会いに行ったのではないか。

拓海と渡会進一は中学が一緒だったから顔見知りだが、親しかったわけではないと思う。向こうは社長の一人息子で、育ちも違う。生徒会長だかなんだかをやっていたようだ。こちらは学校や警察に呼び出されてさんざんだった。小布施茂雄は淡々とそう述べた。

茂雄が「わたらい」を辞めるきっかけになった百万円の使途不明金について、俊介はついでに尋ねてみた。自分は無関係だし、調査も十分に行われなかった、と茂雄は答えた。会社の情報が「小樽ワイン」側に漏れている噂が流れ、余市出身である自分に疑いの目が向けられたのだが、自分は経理担当で、そもそもぶどうの新種などについて秘密情報を知る立場にない。「小樽ワイン」に勤める従兄弟とは、法事で会えば話をするぐらいのことはあるが、それだけだ。

業務提携に乗り気な阿藤専務には、二度ほど居酒屋でご馳走になり、小樽の事情について知っていることを話した。それが社長の耳に入って、この際自分を切りたいと思ったのだろうか。その席に喜三郎副社長が来たことも一度あったが、提携の話にはさして興味がなさそうだった。「小樽ワイン」函館営業所の北都留奈々子《きたつるななこ》という女にも、阿藤専務の席で一度会った。先方は小樽の私の従兄弟を知っていたので、従兄弟の話をいくらかした記憶がある。専務や副社長と北都留奈々子がどんな関係で、どんな方向で話が進んでいるのか、自分にはわからない。

退社のときに今の肥料会社を紹介してもらい、副社長には感謝している。ただ、なにしろ給料が安いのと、汐里が札幌の大学に進学することが決まったので、いっそ妻の実家の商売を手伝うために四月から室蘭に引っ越そうかと話しているところだ。

我が家の家計では、子どもたちの両方に下宿代など出せないから、拓海も室蘭へ連れて行くつもりだ。ところが拓海は転居に抵抗して、高校卒業まであと一年、自分だけはなんとか函館で暮らせないかと、姉に相談したりあちこち画策したりしているようだ。

それ以上のことは自分にはわからない、そう言って小布施茂雄は、壊れたラジオを叩《たた》くように自分の頭の脇をポンポンと叩いた。

6

二十二日の朝、進一が一命をとりとめそうだという知らせが届き、捜査本部には安堵《あんど》の空気が流れた。繰り返された手術が功を奏したらしい。ただし意識が戻るまで、もうしばらくかかるという話だった。それまではやはり、小布施拓海を捜し出すことが急務だ。

鑑識は火災現場の検証を終えたが、新たな手がかりは出なかった。放火犯が灯油を居間の床に撒《ま》いてストーブの事故に見せかけたらしい、という以上のことはわからない。

今夜は記者会見を開く必要がある。火災に不審な点があり、放火の疑いもあるので捜査中、という点だけを発表することになった。

テレビカメラの焦点は、家族を失った悲劇のヒロイン・紗栄子に当てられたが、紗栄子は取材に応じないようだった。目を伏せて耐えることに、紗栄子は慣れている様子だった。それでいて、カメラを向けられることにも慣れている印象をどことなく俊介は抱いた。

森下輝龍が声をかけた結果、拓海が進一に電話した場に居合わせた五人が、五稜郭の「ラッキーピエロ」に集まるというので、山形警部が出かけていった。男三人、女二人、全員十七歳で、通う高校は別々だが中学時代には七飯で同級生だった連中だ。

拓海が進一のどんな発言に腹を立てたのか、それは五人ともわからないと答えた。あらかじめ五人で相談して口裏を合わせたのかもしれない。

なんか気に入らねえごと、あったんだべや、と山形が重ねて尋ねると、四人は黙り込んだが、一人がマドカのことでねえか、と言い出し、そだ、そだね、と賛同が集まった。

嶋岡円佳《しまおかまどか》もかれらと同学年、十七歳だが、大沼周辺のゴルフ場やホテルなどの経営者の娘で、前から進一とは顔見知りだった。金森倉庫《かなもりそうこ》あたりで二人を見かけた、といった目撃談も中学卒業の前後からある。

円佳は松風町のスイミングスクールの選手コースに所属していて、そこで拓海の姉、汐里の一年後輩にあたり、親しくしているので、汐里を介して拓海と顔を合わせたこともある。その結果拓海は柄にもなく恋心を抱いたようだが、本人は否定している。だから円佳と進一がどの程度の仲なのか、真相を聞き出しつつ、自分が介入する余地を作ろうとしていたのではないか、というのが五人の想像だった。

円佳が折り紙つきの美少女であることは、函館七飯を問わずよく知られていた。去年進一の父親の会社がマスカット入りのシャーベットを新発売したとき、会社がポスターや雑誌広告のモデルに使ったのが円佳だった。商品よりもポスターが欲しいと言って男子高校生が会社の直営店に押しかけたことは、ネットでひとしきり話題になった。

しかも、その新商品の責任者が進一の叔父、喜三郎であり、過去にカメラマン経験のある叔父自身が円佳の撮影を担当したという話も広まっていた。もともと進一が叔父に円佳の起用を進言したのかもしれない。拓海がやきもきした理由もそのへんにあるらしい。街で円佳のポスターを見かけたとき、拓海が不機嫌になったのを覚えている、と森下輝龍は言った。

いずれにしても、拓海も相手の自宅を訪ねる以上、まさか暴力沙汰をもくろんでいたはずはない。なにか気に入らないことがあって、真意を確かめに行っただけではないか、というのが五人の一致した意見だった。

翌日昼どきの一一〇番通報については、女子高生二人に訊いてみると大笑いして、自分たちがそんなことをするわけがないと否定した。ただ、拓海が進一宅に乗り込む件は、面白いからほかの友人たちにもラインで話したという。

山形は念のために二人の声をこっそり録音し、通報の声と対照するために科捜研《かそうけん》に提出した。

目撃者探しも難航していた。出火前後の時刻はすでに暗くなっていたし、雪も降っていたから無理はなかった。

たとえばバス通りに面した薬局の店主が、当日午後七時四十分ごろ、鳴川でバスを降りて渡会家のほうへ向かうフードをかぶった少年を見かけたが、店主は進一が帰宅するところだと思ったという。だが進一がとっくに家にいたことは、喜三郎が証言し、その後の事件が明らかにした通りである。店主は小布施拓海を進一と見間違えたのだろうか。だが拓海は進一よりも十センチ背が高く、頑丈な体格だ。

いわゆる火事場泥棒のような被害届も、今日になって二日遅れで出された。渡会家から三十メートル、軒数にして二軒手前の川野《かわの》という家で、当日八時すぎごろ、主婦が火事を見に行こうと玄関を出たところで亭主の帰宅とぶつかり、亭主から受け取ったショルダーバッグをとりあえず玄関の下足箱の上に置いて鍵もかけずに二人で見物に行った。そのとき亭主はバッグを渡しながら、「金、おろしてきたど」と言った。浴槽を取り換えるために、五十万円おろした銀行の封筒が、カバンの中に入っていたからだ。そのころ家の前の道路には見物人が出はじめていた。通行人に声が聞こえただろうし、そうなればまるで金を盗んでくれと言っているようではないかと、被害届を受け付けた七飯交番の巡査は思った。

しかも、火事見物を終えて二人で帰宅したのがかれこれ十一時半、その日のうちに亭主はバッグから金が消えていることに気づいたが、女房がさっさとしまいこんだと思っていた。女房のほうは火事の興奮で金のことは忘れていて、昨夜になって、そういえばお風呂のお金、おろしてきてくれたんだもね、と言い出して紛失が発覚したという。捜査本部の面々は苦笑し、捜査は中央署の生活安全課に一任した。夫婦には高校生の娘がいるが、学校の用事とかで火事のあいだ留守をしていて、夫婦が帰宅した直後にタクシーで帰ってきたとのことだった。

7

翌二十三日はまた雪になった。北国の冬には手加減というものがない。

朝九時半に、小布施汐里から俊介に電話がかかった。今しがた拓海から電話があり、こちらの様子はどうか、進一はもう真相を語ったかと尋ねられた。進一はまだ意識が戻ってないらしいと答えると、それじゃまだおれは疑われてるのかい、と言うので、そうだよ、私のところにも警察が来たし、父さんのところには三回も来たらしいよ、あんた、本当になんもしてないの、と言うと、だいじょうぶ、おれ、アリバイ思い出したから、それ警察にしゃべってけれや、と言う。

拓海が言うには、二十日夜七時十五分ごろ、五稜郭のセブン・イレブンでタバコを買った。そのときの女店員は、前に話をしたことがあるベトナム人だから、おれのことを覚えてると思う。汐里は必死にメモを取りながら、七時十五分にタバコ買ったら、渡会に火つけてない、ってことになるの、と訊くと、なるべさ。五稜郭からバスに乗って、八時前に渡会の家まで行かれないもの、と拓海は自信ありげに言う。わかった、それはすぐ警察に言うけど、なんでもないんだったらあんた、なして早く帰ってこないの、と言うと、わかってるよ、あと二日ぐらいして、すっかり疑いが晴れたころ帰るよ、進一が目覚ましたら、おれの仕業でないってしゃべるだろうから安心だと思ってたけど、進一がどうなるかわかんないなら、おれが自分で証明しないばなんないと思って、ひっちゃきこいて思い出したんだから、がっつり調べてもらってけれや、と拓海は言って電話を切った。

拓海はどこから電話してたの、と俊介は尋ねたが、それはわからない、という返事だった。とりあえずそのアリバイを調べてからまた連絡する、と俊介は返答した。


五稜郭のコンビニエンスストアのベトナム人店員グエン嬢は、拓海のことをたしかに覚えていた。いつも、かわいいね、とか忙しい？　とか言葉をかけてくる客なのだという。拓海が店を出たのは、確かに当夜七時十五分ごろだった。

グエン嬢は日本に来て二年たつ、三十前ぐらいの色黒の女性だった。拓海とのあいだには、店員と客という関係しかなさそうだ。

だとすれば、五稜郭停留所から拓海が七飯方面のバスに乗るには、約十分待って七時二十四分発しかない。時刻表通りだと七飯町鳴川到着は七時五十四分、火災が通報されたのとほとんど同時刻だ。いや、雪だったからバスは遅れただろう。

捜査陣はさっそくバス運転手の証言、さらにこのバスに乗り合わせた乗客の証言を得るために散っていった。

拓海は四輪も二輪も運転免許を持っていない。タクシーに乗る手はあるが、それでも鳴川到着は七時四十五分か五十分、渡会親子を眠らせて火を放つだけの時間はとてもなさそうだ。だが捜査陣は念のため、市内のタクシーを調査することにした。高校生をそれだけの遠距離乗せたタクシーがあるならすぐに見つかるだろう。

車を持っている友人に乗せてもらって道中を急げば、タクシーより早く鳴川に着けるのではないかという意見も出た。それでも渡会宅に着いてから火事を起こすまで、せいぜい十五分しかない。しかも、その友人に犯行が知られるだけでなく、殺人幇助《ほうじょ》の罪を着せることにもなる。そんな手伝いを引き受ける友人がいるだろうか。

もうひとつ、五稜郭発七時二十四分のバスに拓海が乗ったとすれば、七時すぎに鳴川で拓海を見たという、そもそも捜査本部の目を拓海に向けさせるきっかけになった二十一日の通報が、ガセネタだったことになる。

さらに、本当に拓海が無関係なら、どうしていち早く姿をくらましたのか。コンビニのグエン嬢を、すぐに思い出さなかったのはそもそも本当なのだろうか。嘘だとすれば、なぜそんな面倒なことをしたのか。考えれば考えるほど、拓海に愚弄されているように思えて捜査陣はいきり立った。

だが一時間後、すっきり結論が出た。拓海が二十日午後七時二十四分五稜郭発のバスに乗ったことは、運転手が記憶していた。なぜなら運転手は、この大柄な若者を過去に何度か見かけて、三つ先の七飯本町で降りるとぼんやり記憶していたので、鳴川で下車したときに、おや、と思ったのだ。バスは最初は混んでいたが、七飯にさしかかるころにはガラガラで、見間違えたはずもなかった。鳴川に停まったのは定刻から四分遅れた七時五十八分だったはずだと運転手は言う。それは火事の通報の一分後だ。

俊介は汐里に電話をかけて判明した事実を知らせた。こんなことなら、なんで姿を隠したりしたのかなあ、と嫌味を言ってやると、ようやく余裕ができたらしく、すみません、ほんとに、バカな弟で、と汐里は謝りながらも、うれしそうな声を響かせた。

あらためて、拓海を除いて捜査の網を広げねばならない。こうなったら目を覚ました進一に全部しゃべってもらうほかないなあ、と捜査本部には弱音を吐く者もいた。がまんしてそれを言わない者も、内心では落胆と、それ以上に進一への期待を高めていた。

8

俊介は頭を切り替え、小布施茂雄から聞いた話を裏づけるために、阿藤邦彦専務に会うことにした。山形と一緒に「わたらいワイナリー」本社へ行くと、一階が直営店になっている建物の二階へ呼ばれ、広い応接室でコーヒーが出された。

阿藤専務は丸々とした巨体をダブルの背広に包んだ、髪も顔も脂ぎった男で、黒い大きなマスクがいかにも似つかわしかった。

専務の入社は陽二郎よりも早かったという。三十年近く前、いったん札幌の会社に勤めたが、面白くないので旧友の渡会慶太郎の家を訪ねた折りに愚痴をこぼしていたところ、居合わせた父親の幸吉が、よかったらウチへ来ないか、と誘ってくれた。そのころ陽二郎は札幌の大学生で、まだ紗栄子と知り合ってさえいなかった。そういえば、先に紗栄子と知り合ったのは喜三郎のほうだったはずだよ、と専務は回顧した。

紗栄子は、今はもうなくなった函館の老舗《しにせ》の昆布問屋の娘だ。ピアノの発表会をやるときに、写真係として誰かが連れてきたのが喜三郎だった。以後デートの一、二回はあったかもしれないが、喜三郎は写真家を目指していて、まもなく京都の有名なプロの師匠に弟子入りした。京都にはかれこれ七、八年いたことになる。そのあいだに紗栄子は陽二郎と出かけるようになって、プロポーズされて結婚したわけだ。だけど、最初から紗栄子は陽二郎が狙いだったんだとおれは思うなあ、と専務はつけ加えた。陽二郎に比べたら、喜三郎はフーテンみたいなもんだったもの、はっはっは。

喜三郎は京都でがんばったけど、どしても写真家として芽が出なかったんだね。仏像だのなんだの、いろいろ撮って師匠に見せても、ダメだ、ちゅうんだな。大味だって言われるんだそうだ。しまいには、おまえ北海道か、って訊かれて、そうです、って答えたら、やっぱり北海道の人間には芸術は無理なんでないかって、そう言われたっちゅうんだよ。

はあ、と山形はショックを受けた声で合いの手を入れた。

はっはっは、ほら、昔から言うっしょ、作家は太宰治《だざいおさむ》、画家は棟方志功《むなかたしこう》、芸術の限界線は津軽海峡《つがるかいきょう》越えないんだって、はっはっは。まあ、ほんとか嘘か知らないけどもさ。とにかく喜三郎はそう言われて、京都の人にそこまで言われたら、返す言葉もないわね。ぐっと詰まって、さすがに一晩泣いたらしいよ。そしたら、まもなく先代の社長が肝臓悪くして亡くなって、葬式に帰ってきたもんだからさ。げっそりした喜三郎見て、おれも新社長の陽二郎と相談してさ。函館に帰ってこないかい、って誘ったんだよね。ちょうど兄貴が社長になるとこだから、手伝ったらいいんでないの、ってね。したら、いやあ、帰るには帰るつもりもあるけど、「わたらい」に就職するわけにはいかないしょう。おれなんもできないもの、って遠慮こくからさ。おめ、写真撮れるんなら、ポスターでもいい、パンフレットでもなんでも、やってくれればいいんでないの、って焚《た》きつけてさ。したら営業でがんばってみるか、ってなったのさ。そのころは進一も生まれて、もう三つか四つだったな。ところがその紗栄子がおれんとこさ来て、喜三郎を七飯に戻すのはやめたほういいんでないか、って言うからさ。なして？　って訊けば、あの人は写真以外になんも興味ない人だから、会社で使い物になるはずないって、こうなのさ。いや、昔はそうでも、気持ち入れ替えればまた違ってくるべさ、って笑って帰したんだけどもね、だから女は見る目ないっちゅうのさね、はっはっは。

入社してから、立派にやってこられたわけですね？　と俊介は尋ねた。

そださ、直営店だのなんだの、けっこうアイデア出すしね。

喜三郎さんは、小樽との業務提携には賛成だったんですか。

そうねえ、あの人自身は社長の弟って立場もあるから、正面切って賛成もできないけど、おれの話聞いて、納得はしてたみたいだよ。つまりおれの持論はさ、と専務はマスク越しでもよく通る太い声で説明を続けた。

昭和の時代から続いてきた輸入ワインの関税の引き下げと撤廃は、国産ワイン業界にとってプラスとマイナス両方の効果があった。価格で競争することはもちろん苦しいが、ワインが大衆化するためには、やはりフランスワインなどの大規模な輸入を待たなければならなかったし、今でもそうである。国産品はどうしても二番手、三番手になるし、そういう立場をむしろ積極的に利用したほうがいい。そのために必要なのがレストランや洋菓子などの多角経営であり、地元アピールだ。そういうアイデアを取り入れて、会社もここまでなんとかやってこられた。純粋にいいものさえ作れれば売れる、というのは昭和の発想で、少なくともワインには馴染まない。陽二郎社長は先代の信念を守ってきたが、これからはそうはいかない。北海道ワインはフランスどころか甲州《こうしゅう》にも勝てないでいるのだから、もっと団結して北海道色をアピールしなければならない。バターにできてワインにできないことがあるだろうか。

幸い小樽のほうは地元各社との話し合いを経て、こういう観点に立って協力を進めつつあったので、函館に営業所が開かれたのをきっかけに、こちらも先方との話し合いを持ちながら、業務提携の可能性を自分から社長にも提案してきた。何度か激論も交わしたが、最終的には社長の諒承《りょうしょう》のもとで、とりあえず「北海道ワイン協議会」を作り、協力の可能性を探ることが決まった。この協議会を作るにあたって、小樽や十勝《とかち》と交渉するのには、副社長にもずいぶん協力してもらい、表にも出てもらった。

あ、と言って、専務は笑いながらマスクを手で押さえた。副社長は、この協議会で知った小樽の女が気に入ったのかもわかんないな。北都留奈々子っていう、函館営業所の所長だけど、なかなかの美人で、仕事もできる。しかも、もともとは七飯の出だとかってね。奈々子の「なな」は七飯の「なな」なんだとか、ほんとか嘘か知らないけどもさ、はっはっは。なに、若い女でない、三十は過ぎてるけど、独身だっちゅう話でね。弟と一緒に住んでるみたいなんだ。副社長も独身だし、ひょっとするとひょっとするか、なんてしゃべってたのさ。

いや、渡会の兄弟は上の二人が堅物でね。奥さん大事にする一方なんだけど、三男だけバッチの性分ちゅうのかな、顔も三人の中でいいほうだけど、はっはっは、手が早いのも一番なのさ。女子社員で夢中になるのもいたし、昔はどこそこの奥さんと旅行行った、なんて噂もあったし、もうワヤだべさ。したから、ここらで落ち着いてくれたら一番いいのさ、はっはっは。

美少女と言われる嶋岡円佳のポスター写真を喜三郎が撮影したことを俊介はなんとなく思い出した。

ま、そんなわけだから、と言うと、黒マスクをいったん顎へ下げてコーヒーをがぶりと飲み干し、専務は話をまとめにかかった。おれも副社長も会社のために、社長を動かして北海道のワイン業界盛り上げようって思ってたとこだもの。会社全部、北海道全部のことだもの、社長に隠れてこそこそやろうなんて気持ちもないし、ましてや社長をどうこうしようなんて、とんでもない話だよ。念のために言っとくけどね。心配なら、あっちの北都留奈々子に訊いてみればいいのさ。

それでも山形は、念のために、とニコニコしながら、二十日の阿藤専務の行動を尋ねた。午後七時に社を出て、自分の車で函館駅前のシェラトン・ホテルに行った。八時に札幌から来た友人と待ち合わせていて、二人でホテルのバーに行ったが自分は車なのでアルコールは飲まなかった、と専務は嫌がりもしないで答えた。

出火は八時前なので、アリバイはいちおう成立する。七時に七飯の会社を出て町内の渡会宅に寄って火をつけ、それから八時までに函館駅に行くことは不可能ではなさそうだが、それだと陽二郎、進一親子をただちに眠らせた上、専務が立ち去ってから約三十分後に火が燃え上がるように、一工夫しておくことが必要となる。

陽二郎社長はそれこそ高校生のころから知ってるが、真面目が取り柄みたいな男で、自分が知る限り人に恨まれるようなことはなかった、と専務は言った。妻の紗栄子を大事にしてたのは間違いないね。ほかに女がいるなどという噂は聞いたこともないし、陽二郎はそれほど器用でもなかったはずだ。

紗栄子夫人の陽二郎への愛情も、間違いなかったと考えていいですか、と俊介は訊いてみた。いいよ、と専務は即答した。あの人は結婚前から陽二郎に実家の支援を頼んでた、ちゅうのもあるしね。新婚のころは、自分にできることは渡会の跡継ぎを育てることだから、早く子ども欲しいって、陽二郎にせがんで、毎晩攻められて大変だって、はっはっは、陽二郎がこぼしてたこともあるくらいだからね。それでもなかなかできないから、兄貴の慶太郎、あれが産婦人科だから、相談したりしてたんでなかったかな。そうこうするうちに、ようやく進一が生まれたわけさ。そしたらもう、紗栄子は進一にかかりきりさ。旅行一つ行きたがんないって、陽二郎がびっくりしてたこともあったもなあ。

そうなるとやっぱり、小樽との業務提携の問題が最大の悩みだったかもしれないなあ、と言って、阿藤専務は膨らんだ腹の上であらためて腕を組んだ。だけど、なにしろウチでその問題の最前線に立ってるのはこのおれなんだから、おれの知らないところで誰かが出すぎた真似をしたとも思えないし、じつは困っているところなんだよなあ。

専務の灰色の眉毛が二、三本、ひどく外へ跳ねているのに俊介は気づいた。

9

ブレザーの制服を着た可憐な感じの女子高生が、進一の病院に見舞いに来た、という報告があった。紗栄子に訊くと、嶋岡円佳だという。紗栄子と話し、包帯を巻かれて昏睡《こんすい》する進一をガラス越しにしばらく見て、うっすら涙を浮かべていた。それからやはり廊下に来ている旧知の喜三郎に挨拶すると、小さなピンクのウサギのぬいぐるみを紗栄子に預けて、逃げるように帰っていった。


小布施拓海はまだ七飯に戻らない。

山形は「小樽ワイン」函館営業所の北都留奈々子が七飯の出身だという話に興味を持ち、七飯の町役場に戸籍を調べに行った。同時に、七飯交番に勤めたことのある年配の巡査を木古内《きこない》から呼び出して、夕方になって話を聞いた。

北都留家は奈々子の曾祖父が親戚を頼って山口県から渡ってきて、七飯で野菜類を作り、徐々に耕地を拡大した。函館の漁業が盛況だった戦後まもなくのことだ。祖父の代になると函館は衰退に向かい、人口も減ったから、近郊農業は楽ではなかった。一九八〇年、祖父は隣接する「わたらいワイナリー」の渡会幸吉に農地を売って、みずからは国道沿いにスーパーマーケットを開業したが、こちらもうまくいかず、呻吟《しんぎん》のうちに八九年、国道を走るトラックに轢《ひ》かれて事故死する。一人息子の康男《やすお》、のちの奈々子の父親は当時二十五歳、葬儀にやってきた渡会幸吉を、おまえが親父から土地を取り上げたからこんなことになったんだ、と言いがかりのように罵倒した場面が七飯の人々の記憶に残った。

札幌で修業したあと小樽市内に洋食レストランを開業していた康男は、母親を七飯から引き取って小樽で生活を続けたので、北都留家の七飯町での足跡は町内の寺に建てた墓だけを残して消え去った。やがて康男は結婚し、長女の奈々子、弟の飯男《いいお》が生まれた。奈々子の「奈々」と同様、いやそれ以上に、飯男の「飯」も七飯に由来するらしい。

奈々子は現在三十四歳、五年前から「小樽ワイン」函館営業所長を務めている。弟飯男は二十七歳、札幌の大学時代には全国大会に出るほどの水泳選手で、三年前から函館でスイミングスクールのコーチを務めている。現在二人は同居ではなく、姉は堀川町《ほりかわちょう》、弟は隣りの日乃出町《ひのでちょう》のマンションにそれぞれ住んでいる。相互の距離は徒歩十五分ほどである。このあたりは旧市街地に属して、町が昔通りに細かく仕切られ、何丁目という下位区分がないのが普通だ。

もう一点、山形が奈々子と飯男姉弟への興味を掻《か》き立てられた理由は、飯男が小布施汐里の恋人らしいと、小布施一家の周辺を調べていた同僚が聞き込んできたことだった。スイミングスクールでは、コーチと選手の個人的な交際は禁じられているので、おおっぴらにつきあってはいないが、二人が親しいことはスクールに出入りする者ならたいてい知っているという。

渡会家に土地を奪われた家の姉弟と、職場を追われた家の姉弟が親しい、ということにでもなれば、そこになにかが生じるかもしれない。俊介と山形はとりあえず阿藤専務の勧めに従って、北都留奈々子に会いに行くことにした。

奈々子が住んでいるのは堀川町の静かな五階建てマンションの四階だった。奈々子はセンター分けの黒髪で両耳を隠した、物静かな風貌の女だったが、マスクの上の両目には人を惹《ひ》きつける活気がただよっていた。

まずさりげなく二十日夜の行動を尋ねると、五時半に営業所を閉め、六時に川沿いのスーパーマーケットに寄って買い物をした。そのあと帰ってきて一人で夕食を作って食べた、と奈々子は答えた。

渡会家の事件が「わたらい」と「小樽ワイン」との業務提携の問題に関係すると思うか、俊介は単刀直入に尋ねてみた。奈々子はしばらく絶句して、とんとんと胸を叩いてから、まさか、とだけまず答えた。「北海道ワイン協議会」を結成する運びになって、先週陽二郎社長に挨拶に行き、いずれ小樽の社長が来函《らいかん》する旨伝えたところだという。社長は納得してましたか、と訊くと、奈々子は首をかしげて考えてから、うまくいきますかね、とおっしゃってました。阿藤専務がだいじょうぶ、だいじょうぶ、って盛り立ててくださって……。

奈々子の言葉はわりあいきれいな標準語だった。

現在小樽の社長は、十勝地方のワイン会社と基本的な合意を取りつけたところだが、北海道のワイン会社はおもなものだけで富良野《ふらの》にも千歳《ちとせ》にもある。それらを糾合して、どのような活性化の方法を見出せるか、小樽でも考えているし、こちらでも阿藤専務、喜三郎副社長と連絡を取り合って検討している。「北海道ワイン」の共通ロゴを各社の商品に貼り付けるぐらいのことはすぐにでも可能だが、そのブランドを保証する品質をどう定めるか、そこが当面の課題になっている、ということだった。

奈々子は白いコーヒーカップでコーヒーを出してくれた。カップボードを開けたとき、黒い大きなマグがピンクの小さなマグと並んでいるのが見えた。

「こちらの営業所へ来ることは、奈々子さんご自身の希望だったんですか?」と俊介は尋ねた。

「いいえ、最初は違いました。ただ、土地カンがあるだろうから、一年か二年やってくれって……」

「土地カン、あるんですか?」

するとと奈々子は穏やかに笑いながら、

「ないんですけど」と言って、父親が七飯の生まれであること、自分たち姉弟の名前が七飯に由来することなどを説明した。祖父の土地が渡会に渡り、孫の自分が渡会の現当主に挨拶に行くことには運命を感じた、と隠すでもなく言って、奈々子は品よく微笑んで見せた。

「運命ちゅうか、業務提携でうまく立ち回れば、渡会の土地、取り返すチャンスかもわかんないですよね」と山形がさりげなく突っ込むと、

「え?……そんなこと、ないですよ」奈々子はびっくりしたように目を見張った。動くと顔ま

わりの髪がくるりと頬を撫《な》でる。

「ないですか」と言って山形は照れ笑いしたが、

「……共存共栄のつもりですから」と言って目を伏せた奈々子は、いくらか赤面したようだった。怒ったのかもしれない。

「でも奈々子さんのお父さんは、そうふに期待してるかもわかんないよね。七飯に帰りたいんでないですか」と山形は食い下がったが、

「さあ……私らが函館にいれば、お墓参りに帰ったときに、泊まるとこあっていいって、両親は喜んでますけど」

「それはそうだ。ここなら、両親泊めるのにもいいでしょうね」と俊介は奈々子に合わせて話題を転換した。

「いえ、父親は弟のほうに泊まってもらいます」

「あ、そういえば、弟さんも函館にいるって聞いたから、てっきり同居してるかと思ったら、してないんだね。……仲悪いわけでないんでしょ」と言うと、奈々子はにっこり笑って、

「はい。しょっちゅう掃除しに行ったり、あっちもご飯食べさせてくれ、って来たりするし」

するとさっき見えた黒い大きなマグは弟用なのだろうか。

「したら、なして一緒に住まないんだべ。やっぱり若いから、いろいろあるのかな」と山形。

「そうですね。そうみたいです」と奈々子は微笑する。

「あ、飯男さんに彼女いるのか。誰です？」

「誰って、私の口からはちょっと……」

「あれ、なしてだべ」と山形はとぼけて言う。

「今はまだ選手だから、つきあってることも公表できないらしいし」

「ああ、小布施汐里さん？」

「え、ご存じなんですか」

「小耳にはさんだだけだけどね。うまくやってるの、二人は」

「そうみたいですよ」

「今度汐里さん、札幌の大学に行くことになったとかってね。したら、遠距離恋愛かい」

「そう言ってます」

そこで山形はトイレを借りたいと言って立っていった。山形の得意技だ。こっそり家の様子を観察するのだ。

「お姉さんのほうは、どうですか。函館で、いい人見つけましたか」と俊介は話の接《つ》ぎ穂《ほ》を求めて尋ねた。

「私は仕事一筋ですから」と言って奈々子は笑う。髪が揺れる。その表情は、好きな人がいると語っているようにも見える。

「どうしてワイン会社に就職したの？　ワインに興味ありましたか」

「はい、父が小さなレストランをやってるんですけど、そこに小樽のワインが置いてあって、その縁で会社の人が、ときどき見えてたんですね」

「なるほど。それで誘われましたか」

「ええ。小樽で大卒を採ってくれる会社なんてそんなにありませんし」

「それにしてもこっちに転勤になって、一年か二年のつもりが、もう五年？　ずいぶん延長しましたねえ」

「ええ。……提携の話が進みそうになって、なんとなく」

「小樽に帰りたいって、会社に申し出なかったの」

「そうですね。なんかもうすこし、もうすこしと思ってるうちに」

「こっちでいい出会いがあったんじゃないかな、お姉さんも」と、俊介は頃合いだろうと踏んで尋ねた。

すると奈々子はまたびっくりしたように目を見張って赤くなり、それからうつむいて、

「……ご想像に、お任せします」

やがて山形が戻ってきた。洗面台の鏡の裏に、男物の歯ブラシと電気シェーバーを発見していた。やはり男がいるらしい。それは渡会喜三郎ではないか、というのがおのずからなされる推測だった。

10

翌朝、渡会進一が意識を取り戻したという報告が捜査本部に入り、刑事たちは安堵の声を交わし合った。目下主治医と母親紗栄子が、疲れないように徐々に話しかけているところだという。

明日になれば話が聞けるだろうか。捜査が順調に展開しそうで、朝から降りしきる雪も苦に

ならなかった。

北都留飯男との約束は夜だったので、それまでに俊介は森下輝龍そのほかの拓海の友人たちの周辺をあらためて探ろうと思い、出かけようとしていると、拓海本人が方面本部に突然姿を現した。

「帰ってきたのか」

「はい」

「どこ行ってたの」

「ちょっと……東京のほう」と言って拓海はスポーツ刈りの頭を掻いた。警察ならすぐに合格しそうな身長と体格だったが、ニキビの多い顔つきは中学生のようだった。

俊介は山形を呼び、一緒に取り調べ室に入った。

「きみのアリバイは証明されたよ。コンビニのグエンさんがきみのこと、ちゃんと覚えてたんだ」と俊介。

「はあ」と言って拓海はまた頭を掻いた。

「それならなんで行方不明になったりしないで、最初から正直に言わなかったんだ？」

「……おれ、疑われるんでないかと思ったから。……進一と喧嘩すっとこだったから」

「喧嘩ったって、殺して火つけるのとはわけ違うべさ。おれたちがそったごと、ごっちゃにすると思うか？」と山形。

「……前に喧嘩して、睨《にら》まれてるから」

「また殴り合いするとこだったのか？　進一の家で？」

「……いや」

拓海ははっきりしない受け答えだった。気まずいだけなのか、なにか隠しているのか。

「もめごとの原因はなんだったの？」

「……進一は、目覚ましたの」

「ああ、さっき覚ましたって一報が入ったよ」

すると拓海の顔からうすら笑いが消えて、拓海は唇を嚙《か》んだ。

「……だから、だいたいの事情は進一君からも聞けるだろうけど、今のうちにちゃんと説明しとけよ」と俊介。

「……いやあ」と拓海は頭を搔いて、

「進一がなんか、勘違いしてるかもわかんないから」

「勘違い？　そんな複雑な話？」

「……とにかく進一は火つけた犯人は見てるはずだから、そっちが先だよね。あの日おれは進一に会ってないんだから」

「それはわかったよ」

「それ、言いにきただけなんだ。お姉ちゃんに謝ってこい、って言われてさ」

「いいお姉ちゃんだ。きみ、まだ謝ってないよ」

「……どうも、すみませんでした」と拓海はこのときばかりは素直に頭を下げた。

俊介が山形を見やると、山形はぐいと前のめりに机に肘をついて、

「おまえ、きのうまでずっと東京にいたのか？　一、二、三日間」

「うん」

「どこに泊まってた？　ウラ取るから、宿泊先言いなさい」

拓海はしばらくためらってから、秋葉原《あきはばら》のビジネスホテルの名前をあげた。応援している少女アイドルグループのコンサートが秋葉原の劇場で行われていて、どうしてもそれを見たかったのだという。ついでに別のアイドルグループも見て、三日間を秋葉原で過ごした。拓海が通学バッグを開くと、クリアファイルにはさんだコンサートの半券が三枚出てきた。日付けは一月二十一日から三日間だった。

「金はどうした。往復の飛行機、ホテル代、コンサートの料金、食事、十万ぐらいかかったべ」

「……貯《た》めてたのさ」

「貯めてた？　小遣い少ないっていっつも文句言ってたくせに」

「……バイトするさ。ときどき」

「それを使って、アイドルのコンサートに行ったのか。なんでそのこと、お姉ちゃんにも、友達の森下輝龍にも言わなかったんだ？」

「したって行かれねえと思ってたから……学校あったし、諦めてたんだ」

「東京さ行ってから、電話かけたべ。お姉ちゃんにも、輝龍にも。なしてそのとき言わねかったんだ？」

「……びっくりさしてやるかと思って」と顔を赤らめながら拓海は言ってまた頭を掻いた。嘘をついているのかもしれないが、山形はそこまでで拓海を解放した。材料がないのでこれ以上追及できなかった。

「なんか隠してやがるな。ただ、おそらくこっちの事件のことでないんだべ」と拓海を帰してから山形は言った。

「いずれにしても、進一に訊けば事情はわかるしょう」と俊介は言った。それまでにすこしでも周囲の状況を把握しておこう。

11

北都留飯男は大学卒業後、札幌市内のスイミングスクールでアルバイトをしていたが、三年前、同系列スクールの函館事業所に正社員コーチとして採用された。着任当初は姉のマンションに居候していたが、現在は隣り町に部屋を借りている。選手として実績があり、初心者にもやさしく接するので、コーチとしての評判はまずまずだ。

俊介は住居周辺での聞き込みを担当した。姉が住むのよりはやや小ぶりの三階建てのマンションだったが、大学生が四人も単身で住んでいるのには驚かされた。贅沢になったものだ。

飯男と同じ三階の住人が三軒在宅していた。全員、飯男は明るく挨拶し、マンションの規則もきちんと守る好青年で、警察に調べられるようなことをしたとは信じられない口ぶりだった。

飯男に特定のガールフレンドはいるんですか、という質問に、三人ともいると思う、と答えた。若い茶髪の女が二、三週間に一回飯男の部屋に来て、泊まっていくこともあるという。小布施汐里の顔写真は用意できなかったので北都留奈々子の写真を見せると、三人とも首を振って違うと言い、中の一人は、それはお姉さんでないですか、と言った。前にそこの道で行き会って、紹介されたことあります、という。やはり姉弟仲はいいらしい。

その後二階、一階と回ったが、新しい情報は得られなかった。自分の車を持っていて、毎日乗っていることがわかっただけだった。

スイミングスクールへ行った山形に電話すると、そちらでも大したことはわからなかったらしい。北都留コーチとつきあってる生徒はいないんですか、と先輩のコーチに何食わぬ顔で尋ねると、やや血相を変えて、生徒とのプライベートな交際は、うちでは厳禁です、と言われたという。

山形と俊介は九時に飯男の自宅を訪ねた。

よく陽に焼けた短髪の青年だった。マスクしてもらって、十分か十五分だけ、と山形は言って、リヴィングへ通してもらった。板の間の中央に腰の高さのラックを立てて二つに仕切ってあり、手前に食卓、向こう側にはエアロバイクなどフィットネス器具が並べてあった。食卓の椅子しか座るところがなかった。

山形は単刀直入に、飯男が交際している女性について質問した。飯男はしばらくためらったあと、小布施汐里の名前を出した。

「汐里ちゃんが彼女だっちゅうことは、きみ、弟の拓海君とも知り合いかい？」と俊介がたたみかけた。

飯男はどう答えていいか、しばらく迷っている様子だった。マスクのせいで微妙な表情が読みにくい。

「……会ったことはあるけど。あいつ、なんか関係あるんすか？」

「会ったことあるだけ？　ほんとに？」と俊介。

「……ほんとっす」

「汐里ちゃんと拓海君、渡会の家ば恨んでたんでないかな。そういう話、汐里ちゃんしてなかったかい」と山形。

「しないすよ、そんな話」

山形はちらりと俊介を見てから、口調を変えずに、

「あの火事の夜、あんたがた、ここに一緒にいたかい」と訊いた。汐里が六時に七飯本町に帰宅したことはわかっていた。

「え？　……いやいや、その日は会ってないから」と飯男。

「したらあんたどこにいた？　二十日の夜七時から八時」

「え……なんでおれがアリバイ訊かれんの」

「なんもさ。話っこ聞いたら、アリバイも書類に書くことに決まってるのさ。住所と電話番号みたいなもんだ、ははは」

飯男は頰のあたりを掻きながら、

「その日は五時にクラス終わって、生徒が相談あるっていうから、車に乗せて、話しながらちょこっと走って、ついでに送ってったさ。それからメシ食って、帰った」

「メシ食ったのは、どこ？　何時ごろだべ」

「桔梗《ききょう》のカレー屋さ。七時すぎから、三、四十分はいたんでないの」

桔梗町は七飯のすぐ南だ。車なら五分か十分で渡会宅まで行けるだろう。カレー屋の名前を聞いてメモを取る。

「なしてわざわざ、そんな遠いとこまで行ったのさ」と俊介。

「いや、その子の家がそっちだったから」

「七飯かい」と山形。

「……そうす」

「その子、嶋岡円佳って子かい」

飯男は呆然と山形を見て、みるみる赤くなるあいだ黙っていた。北都留の姉弟は赤面しやすい体質が共通しているようだ。

「……円佳のことも知ってるんすか」とやがて言った。

「ちょっとだけさ。ついでに、円佳ちゃんの相談ってなんだったの」

「なんも、学校のことすよ。水泳部に入らないかって、友達に誘われたって話で」

「あ、スイミングスクールの子たちは学校の水泳部には入らないのか」

「入らないしょ、本気でやるなら。練習の量も質もぜんぜん違うから」飯男はようやく話題が得意分野に入ったせいか、早口になった。

「で、円佳ちゃんの家は、七飯のどこ、渡会の家から近いのかい」と俊介。

「高校の近くっす。渡会の家はどこだか知らないな」

七飯高校なら同じ鳴川のはずだ。渡会家まで徒歩十五分ほどだろうか。

「そこに七時に、円佳ちゃんば送り届けた、と」と山形。

「厳密に言うと、六時五十分だね。七時が門限だって言うから、十分前に着いたんだけど、そこからお母さんにラインして、今門の前だけど、もうちょっとコーチと話すことあるから、って、二十分ぐらいねばってたのさ」

「したら七時十分か。ずいぶん円佳ちゃんのほうも積極的なんだなあ、いいなあ」

「え、いやあ……いつ玄関開いて、お母さん顔出すかわかんないし」と飯男は、母親さえ来ないとわかっていれば楽しめたかのような返事をした。

「七飯のほうは、しょっちゅう行ってるの」

「いや……たまにね」汐里を七飯本町の自宅まで車で送る意味だろう。

「したけど、ほら、あんたの名前も、姉さんの名前も、七飯から来てるんだって話でない」と山形。

「よく知ってますね。だけど、祖父ちゃんが昔いたってだけの話だから、おれは気にしてないっすよ」

山形は一瞬飯男を見据えた。けろっとして、あらかじめ用意した答えを言ったように聞こえたからだろうか。

「本当に？　姉さんもかい？」

「うん、気にしてないんでないかなあ。だいたい奈々子なんて名前、いくらでもあるしょう。数字の七でもないし」

「飯男のほう、珍しいもね」

「昔から言われるっすよ。なんでそんな名前なんだって」

「説明めんどくさいってか」

「そう。だから、『いいオトコ』って読むんだって教えてやるす」と言って飯男はマスクの中で笑った。これも用意した答えなのだろうか。

飯男にも函館なまりはほとんどなかったが、「わかんなかった」とか「教えてやる」とか、アクセントは北海道のものだった。

「姉さんの会社、『わたらいワイナリー』と提携するって話だけど、聞いてる?」

飯男はまだ質問があるのかとうんざりした目つきをしたが、

「そりゃまあ、ちょっとは」という返事は自然に聞こえた。

「だけど今度の火事で、なんもかもわやになるんでないか? 姉さん、なんて言ってる?」

「まだ姉貴としゃべってないすよ、火事の件は」と言ってから飯男はラックの上のデジタル時計を大仰に振り返って、

「これ、いつまで続くんすか? もう十五分たってるけど」

「あ、悪い悪い、したら最後の質問にするから」と山形は悪びれず言って、

「姉さんは、つきあってる人いるの」

「さあ、知らないな」

「ちょびっとだけ教えてや。したらすぐ帰るからさ」

「本当に知らないんすよ」

「渡会の人に親切にしてもらってる、なんて話も聞いたことない？」と俊介。

「え、そりゃ、阿藤専務じゃないですか。おれ、会わされましたもん」

「あ、面識あるんだ」

「だけどつきあってるとかそういうんじゃないですよ、世話になってるってことで」

「こっちでなくても、小樽に誰かいなかったかい、姉さんの彼氏」と山形。

飯男は怒ったのかなにか隠したのか、きゅっと唇を結んで、

「本人に直接訊いてくださいよ」

するとピンポーンとチャイムが来客を告げた。

「誰だ、今ごろ」と言うと、飯男は立ち上がって玄関に出た。俊介も山形も振り向いてそちらを見ていた。

ドアを開けたとたん、

「あ」と言って飯男はドアの隙間を細めた。

「今お客さんなんだ」とささやく。

「あ、そうなの、ごめん」と若い女のひそめた声がした。小布施汐里だろうか。

「うん、またね」

「なんも、いいんですよ」と山形が声を張り上げた。

「おれらもう、帰るとこしてたから。どうもお邪魔しました」と言って山形はどんどん玄関に向かい、閉まりかけたドアをぐいと押した。

「あ」と女が言った。山形はピンクのマスクに半分隠れた顔をじっと見て、

「あ、こないだはありがとね。したら、おれたち帰るから。ゆっくりしてってって」とニコニコ顔で言って外へ出た。

俊介はまだいくつか訊きたいことがある気がしたが、山形に倣《なら》って、

「それじゃ、どうも」と言って靴を履いた。

「あたし……」と女。おどおどして相手と目を合わせない。

「なんも、いいのさ」と山形は言ったが、飯男はまずいところを見られた顔をしていた。


俊介と山形が鉢合わせした客は、上杉瑠菜《うえすぎるな》十七歳、小布施拓海の友人グループの一人だった。山形はピンクのストライプのマスクで思い出したという。瑠菜が夜九時すぎに飯男を訪ねてくるとはどういう関係なのか、それを調べるのが当面の楽しみということになった。そのほかにも飯男が隠していることはありそうだが、放火事件にかかわっている感触は山形も俊介も得られなかった。

12

翌日の昼前、想定外の事態が捜査本部を驚かせた。目を覚ました進一が、事件のことをなにひとつ覚えていないというのだ。

今はまだ、進一の脳の精密検査を施すことは難しい。だが、救急病院の主治医と伯父の慶太郎医師によれば、検査しても進一の脳内にはっきりした異常が見つかるかどうかはわからない。

激しいショックからくる心因性の記憶障害も考えられる。その場合には、気長に回復を待つほかないのだという。あれだけの火傷を負って、二日あまり生死の境をさまよったのだから、戦争体験者のようなトラウマが記憶障害を引き起こしたとしても不思議ではない。時期は明言できないが、落ち着いた環境で療養をつづければ回復するでしょう、と医師たちは言い、母親の紗栄子はまたさめざめと泣いているらしい。

捜査本部の中には、進一が記憶喪失を装っているのではないか、なにかの事情で真実を語れないでいるのではないか、と疑う者もいないではなかった。

まず第一に、進一が放火の犯人であり、本来なら放火ののちどこかへ逃亡する計画で、これほどの火傷を負うとは予想していなかったために、今さら真相を語るわけにいかず忘れたことにした、という場合が考えられる、と言う者がいた。

だが渡会家の家族関係を調べたり、進一の高校の友人たちから話を聞いたりしてきた刑事たちは、進一が放火ののち逃亡しなければならないようなトラブルを抱えていたとは思えないと強調した。嶋岡円佳がさっそく見舞いに駆けつけたところにも、進一の順調な生活ぶりがうかがわれるではないか。

第二の可能性として、進一は純粋な被害者で、犯人を見知っているのだが、なんらかの事情で、その犯人を名指しすることができない、という場合が想定された。そうであれば進一は、真犯人を庇うために記憶が飛んだ振りをしていることになる。

進一が庇いたいと思う犯人は、父親の陽二郎であり、つまりは陽二郎が自殺のために放火したということだろうか。だが陽二郎はすでに死亡している。もし陽二郎が犯人なら、当面のショックさえ乗り越えれば、進一は真相を語っていいはずだ。それとも陽二郎の自殺の原因に、口外をはばかる特殊な事情でもひそんでいるのだろうか。

母親は知人の結婚式に出ていたので、完全なアリバイがあり、進一が庇う必要はない。慶太郎伯父と喜三郎叔父も、それぞれアリバイがあって圏外である。慶太郎は二十日の夜は遅番で、九時まで病院にいたことがわかっているし、喜三郎は六時に渡会宅へ迎えに来た社員とともに会社に戻り、火災の発生を聞いた八時すぎまで数人と仕事を続けていた。

いずれにしても、伯父・叔父のどちらかが犯行に及んだと知っていた場合、進一はおそらく庇ったりしないだろうという意見が強かった。自分まで殺されそうになったのだ。

そのほかに進一が庇いたいと思う相手がいるだろうか。嶋岡円佳はどうか、という声もあがった。円佳は七時十分まで自宅前にいて、それから自宅に入ったことが証明されている。円佳の家から渡会宅までは徒歩十五分だから、その後早いうちに母親の目を盗んで外へ出ることができれば、犯行の可能性がないわけではないが、まず無理としたものだろう。そもそも円佳が渡会宅に火を放つ理由など存在しそうにない。

そうなると、そもそも進一は誰を庇おうとしているのか、見当がつかなくなる。記憶喪失が装われた偽物だと仮定することによって、かえってそれは、やはり本物なのではないかとする結論を招き寄せるように思われた。

俊介はいつものように素直に、進一は嘘をついていないと信じた。ただしそうである以上は、進一の証言に頼らず犯人を早急に、自力で検挙しなければならない。事件発生以来の捜査が、暗黙のうちに進一の回復待ちという依存心に支えられていたと感じられて、あらためてため息が出た。ただでさえ小布施拓海の悪ふざけのような行方不明によって、初動捜査がずいぶん寄り道させられた。この上進一に頼れないとなると、自分たちがどこにいてどこへ向かっているのかさえ、判然としない暗澹《あんたん》たる気分だった。

そんな状況を書き溜めたメモを、自宅の居間でつらつら眺めていると、俊介はついジャン・ピエール・プラットの屈託のない笑顔を思い浮かべてしまい、ダメだ、ダメだ、と自分をいましめた。かつて下海岸《しもかいがん》で、立待岬《たちまちみさき》で、それから北斗市当別町《とうべつちょう》でも、俊介だけでなく捜査本部全体が行き詰まっていた難解な事件を、あざやかに解決してくれたジャン・ピエールが、フランスに帰ってもう三年がたつ。キャビネットの上に飾った俊介一家とジャン・ピエールの記念写真を、俊介はわざと見ないようにした。

最初は小布施拓海がいかにも容疑者らしく見え、つぎには進一が生死の境から回復しそうだと聞いて、なんだか楽観が先に立つような捜査の展開だった。それに惑わされて調子が狂ったのだ。ジャン・ピエールはいないのだ。いないのだ。もっとしっかりして、地道な捜査を続けなくてはいけない。拓海についてはもちろん、「小樽ワイン」の北都留奈々子や、拓海の姉と交際しているらしい奈々子の弟・北都留飯男についても、まだ調べなければならないことが残っている。

13

昼前から午後にかけて、山形は五稜郭交番の巡査やその同僚たちが、小布施拓海のグループの背景や素行について調べた結果を聞いて回っていた。山形は去年方面本部に異動してから、ことさら町の巡査たちと親しくしていた。

俊介は、火災の当日に渡会宅へ喜三郎を迎えに行った社員の話を聞くために、「わたらいワイナリー」に行った。ブドウ畑の手伝いから始めたという定年前の男だった。

「わたらい」では直営店に新商品を出すとき、最初の完成品を社長夫妻が試食する慣例があり、届けるのはたいてい喜三郎副社長の役目となる。今回のシャインマスカット・ムースの場合は、東京出張から自宅へ直帰した社長のもとへ副社長が商品を届け、社長が試食しているあいだに運転手の社員が函館市内の直営店に品物を搬入し、帰りに副社長を拾って会社に戻る、という段取りだった。往復にはもちろん冷蔵車を使った。

社長宅で五時に副社長だけが車を降り、後ろのドアからムース二個入りの小箱を出して邸に入った。出発前に別の社員が電話で、五時に来てくれてかまわない、今夜は紗栄子はいないが、代わりに進一が帰宅しているので、個数はいつも通り二個で頼む、と社長から聞いていた。

帰りは六時五分前に渡会宅前に着き、車を回して待っていると、ちょうど六時に副社長が出てきて、中へ挨拶しながら玄関の扉を閉めるのが見えた。周囲を含めて、異常な点には気がつかなかった。近所では車も通らなかった。人影にも気づかなかったが、雪がひどかったせいもあるのかもしれない、と運転手の社員は述べた。

社長の後継問題は議論されてますか、と俊介が尋ねると、社員は渋い顔をして、役員会もめないといいけどね、と答えた。社名が「わたらい」である以上、社長の跡は喜三郎副社長が継ぐのが自然だろうと、社内の大勢はなんとなく考えている。だが喜三郎は業務提携派の阿藤専務に近く、継げば会社は一気に小樽との提携に動くだろうと心配する声も出ている。

「本人に社長を継ぐ気はないの？」

「そうだなあ、弟だから、継げと言われれば継ぐでしょうけど……あの人、がんばらない雰囲気の人だから……」

「がんばらない雰囲気」なら自分にもある、と俊介は思う。だが多数の社員を抱える会社としては、そうもいかないだろう。

「社長の奥さんも、なんとなく喜三郎さんが嫌みたいで」

「奥さん、喜三郎さんのこと嫌ってるのかい？　最初に知り合ったのは、社長でなくて喜三郎さんだったって話だけど」と俊介は阿藤専務から聞いた話を思い出して尋ねた。

するとと社員はおかしそうに笑って、

「それ、どのみち大昔っしょう。もともと奥さん、社長目当てで喜三郎さんに近づいたって言われてますよ。奥さんの実家の商売、けっきょくつぶれましたけど、当時火の車だったのを、なんぼか助けてもらう条件で、社長と結婚したっちゅう話だから」

紗栄子の実家は老舗の昆布問屋だと聞いた。水産の街函館が衰退していく歴史に、紗栄子の人生もかかわっていたということか。

14

夕方になって伝えられた情報は、さらに捜査本部を落胆させた。進一は放火事件にまつわる記憶を失っているだけでなく、すべての記憶を失い、自分が誰で今どこにいるのかさえおぼつかないというのだ。

伯父の渡会慶太郎医師が、知り合いの脳神経科の専門家に尋ねたところ、一切を忘れる「全般性健忘」は珍しいが、九死に一生を得た事故や戦争体験によってもたらされる症例はつとに報告されている、という返答だったという。

進一に対して疑い深かった刑事たちも、この知らせには面食らうばかりだった。すべてを忘れ去ったとの主張までが、もしも嘘であり演技だったとしたら、いったいそこから進一はどんな利益を得るというのか。記憶を取り戻さない限り、生活も人間関係も自由にはならず、昔の自分だったと思われる幻影を、なんとなく模倣するぐらいしかできないではないか。生死の境をさまようことによって得たものが、そんな日々であることを、どんな理由でみずから望むというのだろう。

渡会宅火災の当日、俊介が鳴川を通りかかったのは、町役場の北の七飯桜町《さくらちょう》にある特別養護老人ホームに入居する義母を訪れたからだった。義母の面会には日ごろ妻の智子《ともこ》が、しばしば娘の清弥子《さやこ》を連れて出かけていたが、その日は部屋のポータブルテレビが映らなくなったというので、俊介が見に行って、故障なら車で持ち帰って修理に出そうと決めていた。火災の日に持ち帰り、智子が電器店に持っていったところ、簡単に直ったので、俊介は今日それをまた車に積んで出た。夜になってから義母を訪問し、テレビを元通りに設置して、繰り返し感謝の言葉を浴び、すれ違う職員たちともマスク越しの挨拶を交わして、ようやく施設を出て帰路についた。

通りがかりのついでに渡会宅の前の道に入ると、焼け跡の向こうに懐中電灯の明かりがついている。不思議に思いながら近づくと、家の裏手、倉庫の前で懸命にスコップで雪を掻き分けているのは紗栄子だった。倉庫の扉の窓枠に懐中電灯が固定されていた。

俊介は車を降りた。紗栄子は黒のコートに黒のパンツとブーツ姿だ。

「奥さん、どうしましたか」

紗栄子は動きを止めて俊介を見やったが、誰だかわからないらしい。用心深くポケットからマスクを出してつけるので、今たまたま紗栄子の口許を初めて見ていたのだと思った。小さな顎とつややかな赤の口紅だった。

「方面本部の舟見です。なにかお手伝いしましょうか」

「あ、いいんです。もう終わりましたから」

近づくと紗栄子は肩で息をし、毛糸の帽子をかぶった顔に汗が浮かび、白い息がマスクの周りをただよっていたが、その目はまるで喜びにあふれるような強い輝きを放っている。だが目許は濡れてマスカラも溶け、今までさんざん泣いていただろうことも想像された。

「どうしたんです、こんな時間に」と俊介はとりあえず言った。

はあ、はあと肩で息をしながら、紗栄子は自分がしたことを点検するようにあたりを見回した。二十日の夜進一が倒れていた場所あたりに山のように積もっていた雪が、ほとんど全部移動されて、倉庫の壁沿いに新しい山になっている。その山はでこぼこで、煤や黒焦げの破片が交じっている。倉庫は先代の幸吉が建てた土蔵造りで、昔はワインを貯蔵していたと聞いた。白壁は歳月で雪より黒ずんでいたが、隣りの母屋が燃え盛った影響は見られなかった。

「あのね、進一が、なんも思い出せないって言うんです。自分のことも」

「はい、そう聞きました。大変お気の毒で……」

「私のことは、なんとなくわかるらしいんだけど、慶太郎伯父さんや、喜三郎叔父さんのことは、わからないって」

「そうなんですか。しばらく時間かかりそうですねえ――」と俊介が言い終わらないうちに、

「だからね、なにかきっかけになるもの、あれば思い出すかと思って、そういえばこのあたりに、昔よく遊んだ野球のボール、落としてたこと思い出して、それ見せてあげようと思って、雪掘って捜してましたの」

「そうだったんですか。このあたり、雪多くて大変だったしょう」

「そう、ここだけ、屋根から落ちるようになってるし、倉庫の屋根からも落ちてくるから、いつも山になって積もるんですよ」

「ええ、進一君が倒れてたところの隣り、このあたり一メートルぐらい積もってたはずだけど、あれ全部、あっちに移したんですか」

「そうなの。お通夜終わってから来ましたから、こんな時間になってしまって」

「そりゃ大変でしたね」

「でも、死んだ人より、生きてる人のほう大事ですものね」

「あ、それはそうだ」

「自分にそう、言い聞かせましたの」と紗栄子はうれしそうに言った。

「それで、ボール、見つかったんですか」

「はい」と言って紗栄子はにこやかに足下から白いものを取り上げた。灰色がかった軟式の野球ボールだった。

「私が片づけないもんですから、いつまでも転がってましたの。でも片づけてたら、焼け跡の中に隠れてしまって、見つからなかったと思えば、すこしはいいこともしましたのね」紗栄子は少女が手鞠《てまり》を包むような仕草で、手袋の両手にボールを包んだ。

「それでなにか、思い出してくれるといいですね」

「ほんとに。でも、考えてみたら、子ども時代のもの、たくさん倉庫にしまってありますの。そういうものがきっかけになるかもしれないから、盗まれないように鍵もかけました」

言われてみると、懐中電灯が置かれた窓枠のすぐ下、重そうな引き戸には新しい南京錠がつけられている。

「じゃあ、これからまた病院ですか。お送りしましょうか」

「あ、いいんですの。十一時に慶太郎義兄《にい》さんが迎えに来てくれることになってますから」

「わかりました。焼け跡は危険ですから、入るんでしたら昼間誰かに声かけてください」

「中には入らないの。焼けたものは進一も見たくないでしょ？」

「そうですね。それじゃ、お疲れさまでした。失礼します」

進一の記憶はいつ戻るのだろうか。事件のことはともかく、自分や周囲のことがわかる程度には、母親のためにも早く回復してほしいと俊介は願った。

俊介が車のヘッドライトを点けると、紗栄子はしばし放心したように輝く雪の中にたたずんでいた。

15

翌日も、進一の状態に変化は見られないようだった。雪の下からボールを捜し出した紗栄子の努力も無駄だったらしい。進一を疑ってかかった刑事たちに罰を与えるかのように、捜査は進展しなくなっていた。

渡会家の遺体は陽二郎に間違いないこと、すなわち慶太郎、陽二郎、喜三郎が三兄弟であることがDNA鑑定によって証明された。それが一月最後の報告事項と言ってよかった。

七飯の立派な寺で陽二郎の葬儀が行われた。「わたらいワイナリー」は営業を一日休んで社員全員が喪服で動き回り、列を作った。

人目を引いたのは、「小樽ワイン」の社長が、小樽の同業社長を二人連れてリムジンでやってきたことだった。寺の正門前に車が三台並び、先頭に立ったのは北都留奈々子で、ロングスカートの喪服で落ち着いて歩きながら社長たちに耳打ちをしていた。阿藤専務は最敬礼で迎え、焼香が済むと遺族席の喜三郎副社長も席を立って社長たちと言葉を交わしていた。喜三郎は次第に忙しくなり、進一の病院に詰めてばかりもいられなくなっていた。

北都留飯男の部屋を訪ねた上杉瑠菜については、直接本人に会って調べた。飯男のことは一か月ほど前、小布施拓海に紹介され、すぐ好きになった。小布施汐里という恋人がいることは知っていたが、汐里は札幌の大学に行くので、チャンスがあると思って積極的に遊びに行ったのだ、という答えだった。

拓海はもともと姉から彼氏として飯男を紹介されていた。だったら、その飯男に女の子を紹介するというのも妙な話だな、と山形が言うと、たまたま拓海と「エヴァンゲリオン」を見に行った映画館で会って、そういう成り行きになっただけだと瑠菜は言っていた。

「飯男の名前の由来、聞いたことある?」と俊介が水を向けると、瑠菜は手を叩いて笑って、

「あるある、七飯のエだって? うける」

「飯男君は七飯のこと、やっぱりふるさとだと思ってるのかな」

「さあね。私んちも七飯だから、たまに送ってもらうけど、なんも言わないよ。昔の北都留の土地ってどのへんなの、とか聞いても、わかんないって。それより、円佳ちゃんの家の前わざと通ったりして、そこは不愉快。きょうはもう帰ってるな、とか言って」

「気が多いんだな、飯男君は」

「ははっ、男ってみんなそうでないの。拓海だってマリアって子ともつきあってるし」と瑠菜はあっさり言った。マスクをするので化粧が目に集中するせいか、いやに強いアイラインだった。

翌日、俊介と山形は小布施拓海に会いに行った。進一がなにも思い出さない以上、進一との事件前日のやりとりについて、拓海から詳しく話を聞いておく必要がある。

拓海は進一の記憶喪失について、噂で聞いてすでに知っていたが、本当なのかどうか、いつまで続くと予想されるのか、状況を詳しく知りたがった。進一が今後もなにも思い出せないなら、自分の言い分も変わってくると、ひそかに考えているようにも思われた。

とにかく拓海が渡会宅へ出かけていった事情を全部話せと言うと、拓海はじつは、と言って、上杉瑠菜から前日に聞いた女子高生の名前を出した。川野マリア十七歳、渡会宅の二軒手前に住む女子高生で、火事場泥棒に五十万円盗まれた、と二日後に届け出てきた夫婦の一人娘だった。

去年の夏ごろから拓海はマリアとつきあいはじめたが、どこかでそれを知った進一がわざわざマリアに電話して、拓海のような不良とつきあうのはやめろ、と警告した。その代わりに自分とつきあってくれ、と言うのならわからないでもないが、進一には嶋岡円佳という彼女がいる。進一はただマリアの幼馴染みとして忠告したのだという。そんなバカな話があるか、マリアに指図するならその前に円佳とつきあうのはやめるべきで、そうでないならこっちのことは黙ってろ、と拓海は電話で言ったが、マリアも幼馴染みだからやはり大事なのだと進一は言い張る。だから一度会って話をしよう、ということになったもので、自分としては進一に、マリアを取るか円佳を取るか、はっきり選ばせるつもりだった、と拓海は説明した。マリアは美人というほどではなく、普通なら円佳で満足するところだから、進一は調子に乗って、金があってエリート高校に通っている自分なら、二人でも三人でも口を出す権利があると勘違いしているのではないか、というのが拓海の言い分だった。

拓海としては、進一に会って、二度と余計な口出しはしないと約束させるつもりで、あの日出かけていった。もちろん暴力に訴えるつもりはなかったし、そんなことをする状況でもなかった。行ってみると火の手があがっていたので、進一のことは気になったが、近づけないのでそのまま家へ帰った。自分が乗ったバスが特定されたのなら、その点はすでに証明されたはずだ。

ただ、翌日には自分が犯人だと言わんばかりの雰囲気だったので、今まで警察に目をつけられてきた自分としては、しばらく避難したほうがいいと思った。進一が自力で火事から逃げ出したという話が入っていたので、進一さえ目を覚ませば、本当のことを言うだろうから、それまで何日か辛抱すればいいと思って、東京へ行ってぶらぶらしていた。拓海はそんなふうに語った。途中でタバコを吸っていいか、と訊かれたので、俊介はダメだと言った。

拓海の話は一応筋が通っているが、疑問も残った。拓海が自分は疑われていると思い、「避難」を考えたのは、翌二十一日の午前中だ。高校へ行く振りをして行かず、そのまま函館駅へ向かい、午前十時すぎには新函館北斗から東京行きの新幹線に乗って出発している。それは明らかに、拓海を見かけたという一一〇番通報があって、捜査本部が拓海を意識しはじめるよりも前なのだ。どうしてそんなに早く拓海は通報や捜査本部の動きを察知することができたのか。

その点を拓海に問いただすと、自分が進一に腹を立てていることは周りに知られているので、進一が火事に巻き込まれた以上は、疑われるに違いないと思った、と答えるばかりだった。

しかたなくそこまでで終わりにしたが、山形は別の角度から不審を口にした。拓海の説明が本当なら、拓海が友人たちの前で進一に電話をかけ、訪問の約束を取りつけたとき、話の中にマリアや円佳の名前が出てきただろうから、友人たちにもトラブルの原因の見当がついたに違いない。それなのにどうしてかれらは全員、原因はわからないととぼけたのだろう。

森下輝龍や上杉瑠菜にこれらの質問をぶつけるには翌日を待たねばならなかったが、その成果は乏しかった。拓海が進一に電話しているとき、自分たちは拓海を見守っていたわけではないから、細かいことはわからない、と弁解し、川野マリアの名前は、そういえば出ていたような気もする、と輝龍は遅ればせに補足してよこした。ひょっとすると拓海がこちらに説明する内容を、きのう以前に示し合わせたのかもしれない。

大それた犯罪や暴力に染まるわけでもないのに、ぬらりくらり質問をかわす高校生たちの狡《こう》猾《かつ》な態度は、俊介をいらだたせると同時に、昔の高校生にはなかったしぶとさ、したたかさを感じさせた。

16

二月になった。渡会進一は徐々に回復してきたが、まだなにも思い出さない。

俊介は嶋岡円佳を自宅に訪ねた。とりあえず火災が起こる前の進一の生活ぶりを整理しておこうと思ったのだ。ところが円佳は二十日の夜、小布施拓海が進一を訪ねる予定であることもその理由も知っていて、ずいぶん心配していたという。

円佳の家の広い応接間で、十人は楽に座れるソファの方陣の片隅に円佳と二人で腰をおろすと、俊介はなんとなく落ち着かなかった。それだけ円佳の大きな瞳があでやかに見えたからかもしれない。上品な母親が高そうな薄手のカップで紅茶を出してくれた。

円佳によれば、拓海が進一を訪ねることになったのは、拓海が上杉瑠菜や瑠菜の友人たちと始めた援助交際のグループが関係していると聞いて俊介は膝を打つ思いだった。

円佳が瑠菜からグループに入らないかと誘いを受けたのは、一月十日ごろだった。私やらないよ、と円佳は答えた。円佳なら倍額だって拓海は言ってたよ、と瑠菜は説明したが、円佳が誘いに乗ることはないと予想していたらしく、それ以上しつこく誘われることはなかった。

そんなことしてだいじょうぶなの、と円佳は瑠菜に尋ねた。別に大々的に商売するわけじゃないからね、と言って瑠菜は笑っていた。ほかに誰がやってるの、と訊くと、マリアと舞《まい》、と瑠菜は答えた。円佳は川野マリアを知っていた。進一を含めて幼馴染みだったからだ。円佳は次に進一に会ったとき、何気なくその話を進一に聞かせた。

すぐ隣りにある援助交際の誘いを、特に不思議にも思わず、ただ自分とは違う世界だと割り切って明るく拒むのが、最近の少女たちのふるまいらしい。そのふるまい方と、森下輝龍や上杉瑠菜の明るいしたたかさとは、どこかで繋がっているのだろうか。

円佳はいったんマスクを外して紅茶をすすった。形のくっきりしたピンクの唇が見えた。

俊介は、拓海が一時東京に避難してまで進一とのトラブルの中身を隠そうとした本当の理由を、ようやく摑んだ気がしていた。援助交際の件を警察に知られてはまずいととっさに考え、仲間たちとも相談したのだ。

「で、その話を進一君にしたのが、いつ？」

「ええと、土曜日だったから、十五日かな。たまたま昔の思い出話になって、マリアのことが出てきたのね。だから思い出して、今はマリア、変わっちゃったみたいよ、って教えたんです」

するど進一は怒った。マリアは援助交際なんてする子でないよ、と言い、やめさせなきゃ、と言った。円佳はそこまでしなくてもいいと思っていた。それぞれ自分で考えて行動するしかないからだ。だが進一には生真面目なところがある。円佳がそばにいても、一生懸命マリアの身を案じて、それが不自然ではない感じがあるのだ、と円佳は言った。

その日はもう遅かったので、翌日曜日の午後、進一はマリアに電話をかけた。マリアは忙しいと言い、進一に会いたがらなかった。あるいは急に電話してきた進一がなにを自分に話そうとしているか、見当がついたのかもしれない。けっきょく進一は十八日の夕方にマリアの自宅前で会う約束を取りつけた。

その十八日の夜、進一はいくらか興奮した様子で円佳を訪ねてきた。マリアにグループを抜けるように言ったところ、マリアは言いたいことはそれだけ？　わかったから帰って、と進一を突き放したという。進一は自分がマリアの身を心配していることを、感謝されると思っていたので、その応対には面食らった。だからつい脅す口調になって、やめないとお母さんに言うよ、そのほうがきみのためになると思うから、と言った。するとマリアは黙り込んで、進一がなにを言っても返事をしなくなった。しばらく黙りあったあと、とにかく、二月になってもまだきみが昔のきみに戻ってなかったら、ぼくはお母さんに言うしかないよ、と言った。そんなことしたって、昔になんか戻るわけないよ、とマリアは言い返して、家の中に入ったという。

そこまで追い詰めなくてもよかったのに、と円佳は進一に言った。もう自分のことは自分で考えるんだから、と。いやあ、危ないときには誰かがちゃんと言ってやったほうがいいんだよ、と進一は言い張った。だって警察沙汰になりかねないんだよ？　犯罪に巻き込まれるかもわかんないし。そう言われると円佳は黙るしかなかった。

翌十九日の夜遅く、進一から電話があった。進一に忠告されたことを、マリアが小布施拓海に相談したらしく、拓海が会いたいと言ってきた、という。拓海は七飯の不良グループの一人だと知っていたので、円佳は怖くなった。余計なことを言うなと、進一に暴力をふるうのではないか。そんな不安を伝えたが、進一は落ち着いていて、だいじょうぶだよ、ぼくの家に来るんだから、乱暴なことをするはずないよ、親父も家にいるんだしね、と言った。明日七時か八時に進一の家に来るのだという。

じゃあ、なにをしに来るの？　と訊くと、よくわかんないけど、どうしてぼくがマリアだけは抜けろと言っているのか、その理由を訊きたいみたいだったから、説明すればわかってくれるんじゃないかな。進一はそう言った。ぼくだってあいつらがやってること、全部止めようと思ってるわけじゃないよ。マリアだけは昔のいい子でいてほしいんだ。

その日はたまたま「わたらいワイナリー」の新製品について、またポスターを作る話が持ち上がって、評判のよかった円佳をぜひまたモデルに使いたいのだが、出てもらえるだろうか、と渡会喜三郎から電話が来ていた。喜三郎は明日五時に、社長宅に新製品を届けることになっている。進一君も同席するはずだから、円佳ちゃんも時間があったら一緒に試食してみない？

と誘われていた。ありがたい誘いだったが、その日はスイミングがあり、終わってから北都留コーチに相談したいこともあったので、残念ながら行かれません、と返事をしてあった。

進一との通話を終えてから、円佳はあらためて喜三郎に電話をかけ、簡単に事情を話し、明日七時すぎに拓海が渡会宅に行くようだから、副社長がそのころまでいるようだったら、ちょっと気をつけて見ておいてもらえないかと頼んだ。喜三郎は笑いながら、わかったと言い、商品だけ置いてすぐ帰るつもりだったけど、なるべく長くいるようにするよ、と返答してくれた。だけどお父さんはずっといるわけだから、いくら不良少年でも無茶なことはしないと思うよ、心配しなくてもいいよ、と慰めてくれた。

翌日夜六時半ごろ、喜三郎から電話が来た。さっき社長宅を出たところだけど、拓海君はまだ来てなかった。誰か来るみたいだけど、だいじょうぶ？ と進一君に尋ねたら、笑ってだいじょうぶだと言うから、ぼくは引き揚げることにしたよ。お父さんもいたしね、と喜三郎は言っていた。円佳はまだ不安だったが、とりあえず礼を言っておいた。

八時半を過ぎて、拓海の訪問はどうなったのか、進一に電話してみようかと思っているところへ、火事のニュースが飛び込んできた。社長が焼死し、進一が火傷で重体のまま救急病院に運ばれたこともまもなく知らされた。円佳は気が気ではなかった。進一の容態も心配だったが、それと同時に、犯人は拓海だと思えてならなかった。

翌二十一日の午前中、学校の休み時間に喜三郎に電話をかけて相談した。前夜拓海が渡会宅を訪ねたことと、火災とは無関係だと思えない。警察に言ったほうがいいのではないだろうか。喜三郎は、まさか拓海君が犯人だとは思わないけど、あれから本当に進一君を訪ねて行ったのなら、なにかを目撃した可能性もある。だとすれば、今ごろは本人が自分から警察に行って話していると思うけど、念のためにぼくからも警察の人に話してみるよ、どうせ病院へ行けば刑事さんたちが来てるからね。そう言ってくれたので、あとは喜三郎に任せることにした。それでも何日かはドキドキが止まらなくて、進一が早く目を覚まして真相を語ってくれないかと、そのためにも進一の回復を祈りつづけていたのだと円佳は言った。

喜三郎さんはたしかに拓海君のことを報告してくれましたよ、と俊介は言ったが、円佳には大した慰めにならなかったようだった。今は私の心を見通さないで、と懇願するような涙のベールがいつのまにか円佳の瞳をおおっていた。

17

円佳の話をもとに、小布施拓海、森下輝龍たちの一党をあらためて問い詰めることで、拓海と進一のトラブルの中身、およびその前提となる拓海たちの不埒《ふらち》な活動について、俊介と山形はようやく真相らしきものを摑むことができた。

女子高生川野マリアが、五稜郭の盛り場で若いサラリーマンと知り合って援助交際に発展し、その後サラリーマンは、ほかにも交際をしてくれる友人がいたら教えてくれ、なんなら自分の周辺にも援助したがっている男がいるから紹介するよ、と持ちかけた。マリアはサラリーマンの風采や気前のよさから判断して悪い話ではないと思い、小布施拓海に相談した。援助交際グループに加わりそうなマリアの友人は二人いて、その一人が上杉瑠菜だった。拓海は女子高生と客のあいだに立って連絡役になることを引き受け、料金やルールを決めるとともに、マリアが最初に交際したサラリーマンに会って今後の段取りを決めた。そこまでが去年のうちに進行した話だった。

マリアともう一人の女子高生は、予定通り援助交際をはじめて順調な成り行きだった。一方拓海は、姉汐里の彼氏である北都留飯男が、拓海の前でも下ネタを言い、女の子を探している口ぶりだったので、瑠菜の最初の客として飯男に引き合わせることにした。飯男も拓海が汐里には黙っているからと約束するので、瑠菜に会うことに同意した。すると瑠菜は飯男を気に入って、飯男と個人的につきあいたいから援助交際のグループには参加しない、と言い出した。そうなるとメンバーが足りなくなるので、誰か代わりを探してくれ、というのが拓海の瑠菜に対する言い分だった。

そこで瑠菜は高校や地元の知り合いに声をかけることになり、拓海の提案を入れて嶋岡円佳にも声をかけたが、これはあっさり断られた。ところが円佳が進一に話したために、この件が進一の耳に入り、しかもメンバーの一人が川野マリアだと知って、進一は色めきたったのだった。

進一とマリアは幼稚園時代からの知り合いで母親同士も親しかった。マリアは勉強嫌いだったのでなんとなく疎遠になって、中学も高校も別だったが、今でも会えば挨拶する仲だ。高校へ行ってから、マリアが化粧を始めてだんだん派手になってきたことに進一は気づいていた。そのあげくが援助交際かと進一は嘆き、直接マリアを訪ねて説教した。それが円佳の言う通り、一月十八日の夕刻だった。

翌十九日にマリアは小布施拓海に相談した。その席に森下輝龍や上杉瑠菜もいたのだが、まさかその日の話題が援助交際だとは警察に打ち明けられなかったので、しらばくれていたのだという。

その席で、今度は逆に拓海が進一に対して腹を立てた。金持ちの坊主が勝手な理屈を持ち出しやがって、と拓海は言った。そもそも援助交際のグループ結成はマリアが言い出した話で、自分は安全に事が運ぶように、あいだに立ってやろうとしているだけだ、という思いも拓海にはあった。拓海は進一の携帯番号を調べて電話をかけた。ただし電話口では拓海は冷静で、マリアのことでちょっと話したいんだ、と言って、翌二十日の約束を取りつけた。

拓海は進一訪問の時間を夜七時から八時と言った。当日の夕刻客に会ってマリアを紹介し、素性を確かめつつ金を受け取ってから、七時前のバスに乗るつもりだったが、客が仕事の都合と降り出した雪のせいで三十分遅刻したので、五稜郭を出るのが七時過ぎになってしまった。拓海はそれも正直に言えなかったので、ゲーセンにいた、と言ってごまかした。

拓海とマリア、そのほか援助交際にかかわった男女の高校生は、湯ノ川署に呼んで厳重注意することになった。だが、渡会家放火殺人事件の捜査本部としては、これで手がかりがすっかりなくなったも同然だった。進一に対する拓海の怒りは本物らしかったが、拓海には五稜郭のコンビニでのアリバイがあるし、森下輝龍そのほかの連中のアリバイも確かめられていた。

18

三月になり、雪が解け、進一は記憶を取り戻さないまま、包帯の量だけ少なくなり、中旬には退院できるだろうという見通しが語られるようになった。なにかすこしでも思い出さないかと、刑事たちがあまり頻繁に進一を訪ねるので、進一は刑事を嫌がるようになり、紗栄子も変化があったらすぐ知らせるから、あまり来ないでくれと申し入れてきた。紗栄子自身はもう諦めているのか、親子でまったく新しい人生を歩む決意でいるらしかった。

「わたらいワイナリー」では、喜三郎が社長就任を固辞した。紗栄子の意見を入れたかたちだ。役員会は長いあいだもめたが、けっきょく阿藤邦彦専務が新社長に昇格し、喜三郎は副社長に留任となった。小樽の社長たちが陽二郎の葬儀に駆けつけた場面が、こうした結果を導き出す一因になったと語る社員もいた。これで「わたらい」と小樽との業務提携は加速される見通しになった。実際五月には、「北海道ワイン協議会」の第一回総会が、小樽市内で開かれることに決まったという。「わたらい」の業務提携派は、陽二郎社長の急死によって大きな利益を得たように見えた。


小布施拓海の証言に出た、事件当日川野マリアの客となって待ち合わせに遅刻した男が、池《いけ》田《だ》直也《なおや》という「わたらい」の社員だと判明したので、俊介は池田にも事情を聞きに行った。池田は二十七歳独身、当初はいわゆる淫行条例や売春防止法の案件で刑事が来たのかと警戒して口を閉ざしていたが、今回はその件ではないと説明してようやく話しはじめた。

社内の同僚に北都留飯男の友人がいて、飲み会の席でその男から、拓海のグループの話を聞いた。コロナでストレスが溜《た》まっていたので、その場のノリですぐ拓海に電話をかけ、二十日の六時に五稜郭の喫茶店で待ち合わせることが決まった。

その飲み会には喜三郎副社長も居合わせたので、二十日の六時に予定を入れたことはなんとなく諒解《りようかい》してもらったと思っていたが、当日帰ろうとしていると、社長宅に行った副社長から電話があり、新製品のムースの評判がよさそうなので、補充分を急ぐように工場にかけあってから帰ってくれと命じられた。ムースの製造は生乳の仕入れが関係するので段取りを決めるのに時間がかかる。自分は援助交際の待ち合わせがありますとはまさか言えないので、しかたなく小布施拓海に電話をかけて遅刻すると告げたあと、言われたことを必死に片づけ、帰ってきた副社長に結果を報告し、六時すぎにようやく解放されて五稜郭へ急いだ。喫茶店に着いたのは七時十分前ごろだった。拓海とは七時すぎに別れて、マリアという子とスパゲティを食べて、それからホテルに行った。

関係者の証言に矛盾はなさそうだった。北都留飯男がこの援助交際グループのお客の開拓に関与していそうだとわかって、俊介たちは警戒心を強めた。

いっぽう、北都留奈々子を内偵していた刑事たちは、奈々子のマンションをときおり喜三郎が訪ね、数時間滞在していることを突き止めた。二人が深い関係にあることは確実だった。

三月四日には、喜三郎が朝から奈々子を車に乗せ、函館新道・道央《どうおう》高速を北へ走った。あとで聞くと奈々子を本社へ送って行くついでに、喜三郎が小樽市内の複数の会社で「協議会」の打ち合わせをしてきたという。

山形は勘を働かせて小樽に出張を願い出ると、奈々子の実家である父親のレストランの経営状況を調べに行った。父親・北都留康男が「小樽ワイン」からまとまった借金でもしていれば、奈々子にせよ弟の飯男にせよ、本社の意向を受けて「わたらい」に対して乱暴なふるまいをする可能性があると考えたのだ。だが、二日後に帰ってきた山形は首を横に振った。康男のレストランは今では銀行からの借り入れさえ少額で、それなりに堅実な経営をつづけているのだという。

この間に一番大きく変化したのは、渡会宅の跡地だった。警察の検証が終了すると、まもなく倉庫だけを残して焼け跡は更地にされ、新しい家が建てられはじめたのだ。

焼け跡を解体する日、まだ使える家具その他について指示を仰ぐために、紗栄子が呼び出され、「わたらい」のマイクロバスの中で待機していた。上下そろいの白のジャージ姿にスニーカーだった。刑事が二人、念のために居合わせていた。

やがてピアノをどうするか、問い合わせが来た。居間から離れた部屋に置いてあったので焼けてはいないが、いくらか焦げ、消防の水もかぶったので、ダメになっている可能性もあるという。見にいってもいいかしら、と紗栄子は言って、ときおり担当者に手を取られながら、黒焦げの跡地へ入っていった。やがてターンというピアノの音が一つ聞こえ、続けて悲しげな曲が流れてきた。刑事たちにはわからなかったが、現場の誰かが、ショパンのノクターンの一番有名な曲で、音はすこし低いがまともに聞こえる、と言った。だが演奏は十秒か十五秒か、それぐらいしか続かなかった。紗栄子はピアノに手を触れたまま、長い間じっと立っていた。泣いているらしかった。

紗栄子は進一の病院近くのホテルに長期滞在していた。ときおりタクシーや「わたらい」の車で函館に出て、建築会社に指示を出したり、家具や家電品を選んだりすることもあったが、ほとんどホテルと病院のあいだを行き来するだけだった。たまに喜三郎が運転手を務めることもあった。

19

三月八日、進一が退院した。見たところ包帯はなかったが、身体はまだ何か所かガーゼに覆われているという話で、シャツの襟から咽喉《のど》のほうへ白い端がはみ出していた。看護師たちに見送られて、進一はそろそろと歩いて紗栄子と一緒にタクシーに乗った。

渡会宅の立て直した新居が完成するまでまだ二か月はかかるというので、二人は病院に近い七飯桜町の空き家を借りて住むことになった。新函館北斗駅から徒歩十五分ほどのその家に、焼け残ったわずかな手回り品やピアノが運び込まれた。

記憶の問題があるので、進一の生活は元通りに再開しそうにはなかった。学校で習ったことも、ずいぶん忘れてしまったから、あの学校はやめて勉強の楽な高校へ行ったほうがいいと思うの、と紗栄子は言い、進一もおぼつかなげにうなずいていた。

雪はもう道路の脇に汚れて残っているだけだった。

十二日には小布施茂雄の一家が室蘭へ越していった。汐里は進学先である札幌の大学のプールに通いはじめ、函館には来なくなった。

ただし弟の拓海は、北都留飯男の部屋に居候して、高校卒業までのあと一年、函館で暮らすことになったという。汐里と飯男の関係が良好に続いて、いずれ結婚する予定でもあるなら、飯男にとって拓海は将来の義理の弟だが、事はそんなふうに運ぶのだろうか。飯男はこっそり高校生の上杉瑠菜とつきあい、しかもそれを拓海に知られているのではなかったか。

山形警部が飯男を訪ね、あらためて事情を訊くと、すべては拓海の提案だということだった。札幌へ進学して会う機会が減っても、弟が世話になっていれば汐里としても簡単に心変わりするわけにもいかない。むしろ飯男がそれだけ自分を思ってくれていると感謝して、二人の関係は安定するだろう。もちろん瑠菜のことは黙っているし、まんいち汐里が突然訪ねてきてバレそうになっても、瑠菜は拓海の相手なのだと言い張れば、取り繕うことができるはずだ。どうせ自分は友達の家などを泊まり歩いて、飯男の部屋にはほとんど寄りつかないし、食事なんかは自分で稼いだ分でまかなうから、迷惑をかけることもあまりない。自分がいないほうがいい夜は、ラインでもくれれば必ずよそに泊まることにする。そう言って拓海は飯男を説き伏せたのだという。

要は上杉瑠菜との仲を秘密にしておくことを、拓海は居候のための交換条件として持ち出した、つまり、居候の件を念頭に置きながら飯男に瑠菜を紹介し、また瑠菜を焚きつけたようにも聞こえた。しかも拓海は、メンタルにも経済的にも「安心できそうな」知り合いを、自分たちの援助交際グループに紹介してくれと飯男に頼んでもいたという。拓海はなかなかの策士に違いない。

ただし口約束の通り、拓海はあまり飯男の部屋には泊まらないし、迷惑をかけることもないと飯男は言った。その後援助交際のグループは、函館市内や上磯《かみいそ》の女子高生を巻き込んですこしずつ大きくなってきたらしい。ただし一度湯ノ川署に目をつけられたから、やり方はごく慎重でなければならない。客は口コミで増えていくので、安全のためにいちいち面通しするのが面倒なほどだと拓海は言っていたという。そこから得られる手数料が、拓海にとって居候暮らしの財源であるらしかった。

このごろは帰宅も早い。俊介は毎日のように寝る前の食卓で、メモを書き込んだスマホの画面を睨みながらしばらく動かずにいた。ただし、このところ捜査の進展はほとんどない。捜査本部も規模を縮小しつつある。メモとして増えるのは小布施拓海の悪だくみと、それを助長するかのような北都留飯男のアバウトな生活ぶりばかりだ。

他方、「北海道ワイン協議会」はいよいよ動き出すらしい。この動きはあくまでも陽二郎前社長の死の結果であって、原因となることは本当になかったのだろうか。阿藤邦彦新社長は、恬《てん》として恥じない態度を取りつづけているが……。

気がつくと、ジャン・ピエールを思い出したい気持ちと、思い出してもしかたがないと自制する気持ちとが、いつのまにか鬼ごっこのようにぐるぐる回っている。ジャン・ピエールのように事件に対処するためには、どんなに細かいことにも注意を払わなければならないと自分に言い聞かせて、俊介はメモの補充にせいぜいいそしみつづけた。

第二章　地球岬の事件

1

　ようやく雪が解けきった三月二十四日、驚愕のニュースが飛び込んできた。二十三日深夜、嶋岡円佳が室蘭で殺害されたというのだ。なぜ円佳なのだ？　なぜ室蘭なのだ？　という声が捜査本部に飛び交ったが、答えられる者はいなかった。

　現場は室蘭市郊外、地球岬の展望台をすこし外れた草むらだという。管轄は室蘭南署で、その所管は札幌の道警本部だった。さっそく函館方面本部長から室蘭南署長に連絡が行き、情報は随時提供するので、いつでも捜査員を捜査本部へ派遣してほしい、との返答を得た。とりあえず俊介と若い敦賀《つるが》が室蘭に行くことになった。高速を走って二時間あまりの距離だ。

　辛い役目だが、俊介はまず嶋岡家に電話をかけ、円佳の母親にお悔やみを述べた。十時半に室蘭南署から一報を受けたとのことで、父親はすでに現地へ向かっていた。

　円佳は二十三日午前中、室蘭に越した小布施汐里に会うために特急に乗って出かけた。十時か十一時には帰ると言っていたが、遅いので零時以降何度も電話を試みた。応答はなく、携帯電話の電源が切られているようだった。

ひと月前に笑顔で俊介を迎えた品のいい母親は、昨夜の状況を詳しく語ることによって、今日の現実をすこしでも否定できると信じているかのように饒舌《じょうぜつ》だった。電話の向こうで、中学生の妹がわんわん泣く声が聞こえていた。

室蘭南署に着いたときには、ある程度のことが判明していた。

円佳の遺体が発見されたのは、地球岬展望台の駐車場の脇、アジサイの植え込みの陰へ回ったところで、あたりには枯れた草むらが広がっていた。アジサイも茶色の茎でまだ寒さに耐えていた。

円佳の首筋にはロープ状の赤い索条痕《さくじょうこん》が残り、両手首にもロープで縛られたかたちに赤い擦《す》り傷が認められた。ロープは未発見である。暴行を受けた形跡はない。

駐車場の監視カメラは、おもに自動販売機の盗難にそなえて設置されていて、カメラに映らずに現場へ行き来することは容易だと思われた。ただ、犯人はそのことをあらかじめ知っていた人間である可能性が大きい。

死亡推定時刻は二十三日午後八時から十一時。その時間帯、早春の展望台付近に人の往来はほとんどなかった。八時以後に駐車場を出た車は二台、入って一時間足らずで出た車が一台、監視カメラに記録されているが、いかにも観光客で、不自然な動きはない。どの車輛もナンバーまでは判読できないので、車種から特定を急いでいる。

周囲の草むらには大きな乱れがないので、犯行現場がこの付近かどうかはわからない。歩道と草むらのあいだには、アジサイの株が並んでいるだけなので、一、二歩入れば、遺体を現場に抛《ほう》り出すことができただろう。ただその一、二歩の足跡も判然としていない。

逆に遺体をここまで運んできたのだとすると、なぜわざわざそんなことをしたのか、新しい疑問も湧いてくる。遺体が見つからないためなら、周辺にもっと深い木立ちや切り立った崖がいくらでもあると南署員は言う。どうしてそちらへ運ばなかったのか。

発見は二十四日午前十時、観光に来た若い男女が車を降りて散策中、植え込みの陰の遺体に気づいた。通報を受けて室蘭南署員が急行したところ、被害者が着ていたベージュのダッフルコートの内ポケットから、嶋岡円佳の高校の生徒証が出てきた。

同時にコートの外ポケットからは、小さなウサギのストラップのついた携帯電話が見つかった。電源がオフになっていたのでオンにしてみると、連絡先に「お母さん」という項があり、そこへかけると円佳の母親に繋がった。母親はどうしたの、今どこなの、といきなり質問をたたみかけてきたので、刑事が事情を説明するのに手間どったが、娘の円佳に間違いはなく、すぐに室蘭へ行きます、との返答だった。

母親の話から、円佳は最近室蘭へ転居した小布施汐里を訪ねて、二十三日午前中に出かけたことがわかった。円佳の携帯には汐里の番号が出ていたし、二十三日午前に通話していることもわかった。汐里への連絡は簡単につき、ただちに南署へ来てもらって話を聞いた。

2

室蘭はもともと函館と同じく、盲腸のように突き出た半島の入り江側にできた港の街だ。函館は北海道の玄関口として、長いあいだ連絡船の港でもあったから、札幌方面の列車もここまでやってきて折り返す運行を続けてきた。だが北海道新幹線が完成すると、袋小路である半島の中まで入り込まねばならない函館はルートから外され、新幹線はまっすぐ北上し、はるか市外の新函館北斗と函館はあらためて支線で繋がれることになった。ところが室蘭は、札幌へ行く本線が早い時期から半島の奥へ立ち入る手間を省いたので、半島のつけ根の東室蘭駅が代理の役割を果たし、室蘭から東室蘭までは入り江に沿った支線で往復しなければならなかった。新幹線開通後の函館の立場に、室蘭は最初から立たされていたことになる。東室蘭から四駅十二分、汐里の新しい住まいは室蘭駅前の小さな商店街を抜けて徒歩十分の古い平屋だった。

汐里はきのう、昼すぎに東室蘭駅で円佳と待ち合わせ、イタリア料理店で昼食を取ってから、支線に乗って室蘭駅に戻り、徒歩で自宅へ連れて行った。自宅では母親がケーキや紅茶で円佳をもてなした。

きのうの訪問は円佳から言い出したもので、円佳の水泳選手としての将来に関する相談がおもな話題だった。この一年記録の伸びが物足りず、このまま選手をつづけても北都留コーチや汐里のように、大学で活躍する自信もなくなってきたし、逆に大学ではほかのこともしてみたいと思うようになった。それならスクールをやめて、今通学している女子高の水泳部に入っても楽しめるだろうし、ちょうど今水泳部から熱心な勧誘を受けているところだ。北都留コーチに相談すると、ずいぶん励ましてもらい、丁寧なアドバイスももらったが、どうも自分をスクールに残すことがコーチの大前提であるように思えてすっきりしなかった。その点を汐里ならどう考えるか、訊いてみたいと思ったのだという。

自分は円佳とは種目も違い、細かいところはわからないが、話を聞いていると円佳の気持ちが水泳の外の世界へ広がりつつあるように思え、そろそろやめ時なのかもしれないと感じた。集中力が持続しないと、スポーツではたいていうまくいかない。それでもこういう進退については、最後は自分で決めるしかないので、気持ちを整理するためにしばらく休むのもいいのではないかと言ってあげた。

自分が北都留コーチとつきあっていることは円佳も知っているが、コーチと自分が同意見であるとは限らない。コーチはスクールの立場から考えている部分がありそうで、その点はあとで確かめてみると返答した。

渡会家の火事の件はもちろん話題になった。進一が昏睡状態にあるあいだ、気が気でなくて水泳にも勉強にも集中できず、それも将来を見つめ直す理由のひとつになったかもしれない、と円佳は言っていた。進一が目を覚ましてからも、記憶喪失だというので安心できないが、自分のことはぼんやり覚えているようなので、進一の役に立ちたいという思いから連絡を密にしている。退院してからさっそく自分の部屋にも来てもらった。進一は新しい自転車に乗って、すこし恥ずかしそうにやってきて、道に迷ったと言って笑っていた。でも、前のように並んでベッドに横になってみると、進一は包帯で痛々しいながらも、前と変わらない笑顔も浮かんで、もうすこしで記憶を取り戻せるような気がした。自分のほうも、火事を境に変わってしまった進一に戸惑うこともある。大好きだったイカのカルパッチョをせっかく作っておいたのに、今はイカをあまり食べられないというので悲しかったこともあった。これからもそういうことはあるかもしれないが、なんとかおたがいに慣れるようにしていかなければならないと思っている。円佳の話はそんなところで、差し迫ったトラブルを抱えているようには見えなかった。

十七時十五分ごろ、円佳は汐里の自宅を出た。円佳が固辞したし、道はわかりやすいので、汐里は室蘭駅まで送らなかった。十七時四十分の東室蘭行きがあり、それで行くと十八時二十一分東室蘭発の函館行き特急に十分間に合う。玄関に送りに出た母親がそう言って、円佳もそうですね、とうなずいていた気がする。だからてっきりその列車で帰るのだと思っていた。一人で地球岬へ回ってみるなど、円佳は一言も言っていなかった。ただひょっとすると、せっかく室蘭に来たのだから見ておきたいと円佳は思ったが、遠慮がちな子なので、口にすると自分に案内を乞う結果になるので黙っていたのかもしれない、と汐里は言った。

ところが、円佳の生徒証を入れたパスケースには、室蘭―新函館北斗の乗車券と、東室蘭二十時十三分発特急北斗二十二号の未使用の特急券が入っていた。券の発行は当日朝の新函館北斗駅だった。円佳はこれに乗って帰るつもりで、出発前に切符を買っておいたのだろう。この北斗二十二号は新函館北斗着二十二時十五分、駅からタクシーで五分程度だから十時半前には自宅に帰れることになり、この時刻は円佳が帰宅すると母親に予告していた、十時か十一時という時間帯に符合する。

したがって十七時十五分に小布施宅を出てから二十時ごろまで、円佳は室蘭市内にいる予定だったようだ。その目的は地球岬などを見物することか、誰かに会うことか、それともその両方だったのだろうか。地球岬展望台の監視カメラに円佳らしい人影は見つからなかったが、室蘭南署の捜査本部は、この時間帯の目撃者探しに目下全力をあげている。

円佳の母親に尋ねると、汐里を除けば、円佳には室蘭近辺に住む友人や知人はいないはずだ、とのことだった。汐里に訊いても答えは同じだった。

そうだとすれば円佳が待ち合わせたのは、函館や七飯から来た知人だろうか。恋人があとから室蘭に来て、一緒に地球岬を見物するぐらいなら、ありうるかもしれない、と南署の刑事は言った。その想定に従えば、該当するのは渡会進一だが、まだ火傷も完治せず、記憶も戻っていない進一が、わざわざ地球岬へ行きたがるだろうか。行ったとしても、円佳を殺害するだろうか。アリバイなどを確認する必要はあるが、汐里が聞いた円佳の告白からうかがわれるように、二人の仲は肉体関係をともなってむつまじいものだったと思われる。


俊介は南署刑事課の大部屋の片隅で、小布施汐里に再会した。この日は濃いブルーのセーターに広い肩幅を包んでいた。

当面、汐里が室蘭での円佳の唯一の知り合いである以上は、汐里の動機やアリバイを、もっと綿密に調べる必要がある、と言う署員もいた。汐里とつきあっているコーチの北都留飯男が円佳をスイミングスクールに引き留めた経緯を、汐里がどの程度正確に話したかはわからない。なにしろ円佳は美少女だ。飯男が円佳につきあってくれ、せめて一緒にスクールでがんばってくれ、と申し入れた結果、円佳は混乱し、汐里にすべてを打ち明けて相談したところ、汐里が嫉妬に狂ったという流れも考えられるのではないか。

いずれにしても、現場の痕跡、遺体の状況から見て、行きずりの犯行とは考えにくい。捜査の主力は、被害者の函館・七飯での人間関係に向けられる、というのが南署で出された方針だった。

若い敦賀は、円佳をモデルにした「わたらいワイナリー」のポスターが室蘭市内にどれほど出回っているかが手がかりになるかもしれないと考え、俊介の許可を得て一人で調査に出かけて行った。あまりしゃべらないが、頭の中でいろいろ考えている若者らしい。

3

俊介は七飯町の放火殺人事件のあらましを南署員たちに説明した。だが、七飯の事件と円佳殺害事件との関連について、室蘭の面々はほとんど興味を抱かなかった。汐里の弟拓海と円佳の関係について、いくつか質問が出ただけだった。俊介は話しながら無理もないと思っていた。円佳殺害のニュースに衝撃を受けて駆けつけたものの、それが自分たちの事件とどう繋がるのか、道筋がさっぱり見えない。関係者が一部重なっているだけで、道筋や動機は無関係なのかもしれない。

捜査会議では、今後とも連絡を密に取り合いましょう、という結論が出ただけだった。

南署の山背《やませ》警部補が挨拶に来た。俊介の新人時代、函館にいたことのある先輩だ。再会したのは十年以上ぶりだが、相変わらずよく陽に焼けた、気さくな笑顔の人で、会うとすぐに昔の親しみがよみがえった。当初円佳の事件に当たる予定ではなかったが、函館関連だということで、急遽補充の命令が来たらしい。

署の控室で嶋岡夫妻とも顔を合わせた。夫人はいっぺんにやつれて、ついひと月前に嶋岡邸の立派な応接間で紅茶を出してくれた人とは別人のようだった。娘の遺体が戻されるのを待って、今夜は市内に一泊すると夫妻が言うので、俊介は夕食後八時ごろにでも、ホテルを訪ねていくと申し入れた。夫妻が浅い眠りにつくまで、警察関係者と話していればすこしでも気がまぎれるかという思いもあった。

六時になるところだった。日が暮れかけていたが、山背警部補が現場を案内しようか、と申し出てくれた。

南署から二十分ほど、幹線道路を南へ走るにつれて見晴らしがよくなった。室蘭の半島の、港の反対側は景勝地とされる断崖が多く、その頂点にあたる地球岬は海抜百三十メートルの崖の上だという。急勾配と急カーブを何回か繰り返してたどり着いた展望台には、観光バスも並んで駐車できる広いスペースが開けていた。

俊介がここを訪れるのは二度目だ。一度目は新婚のとき、智子とドライブ旅行で来た。その思い出が勝手によみがえって妙な気分だった。

円佳はここで誰かと待ち合わせたのだろうか。

駐車場に近い歩道から縁石をまたいで草むらに入ったあたりが、足跡で荒らされている。捜査関係者が立ち入った跡だろう。山背警部補が指さしたのは、アジサイの列の向こう側だったが、歩道からちらちら見えなくもなかった。遺体を本気で隠そうとしたとは思えない。

立入禁止テープの手前に白い花束が一つ横たわっていた。円佳の両親が供えたものか。俊介は手を合わせた。

長い階段を上って展望台に立つ。視界百八十度が全部海に開けてすがすがしい。暮れなずみ、遠くの空と海の色は沖で溶け合って見分けがつかない。記憶にある通りで、最初にここに立ったとき、隣りに智子がいたことをやはり思い出してしまう。……続いて清弥子と、清弥子をかわいがってくれたジャン・ピエールを、思い出さないわけにいかない。なんだかこのごろ、あの金髪青年を思い出す頻度が増えている気がする。俊介は珍しく唇を噛んだ。

俊介たちは室蘭市内のビジネスホテルに一泊することになった。南署では柔道場に布団を敷いてくれると言ったが、それではかえって不自由なので遠慮させてもらった。

宿を確保してから、俊介は自分たちのホテルよりもはるかに格上のリゾートホテルに嶋岡夫婦を訪ねた。

円佳の父親は五十歳前後だろうに、すっかり額が禿げあがった小柄な男だった。俊介を前にしても、じっと目を閉じて涙をこらえる様子で肘かけ椅子から動かない。円佳の妹は、函館の親戚に預けてきたとのことだった。

母親は、もともと円佳に似た瞳の大きな美人だと思っていたが、その面影は今はなかった。

どんなことでも、なにか気がついたことはありませんか、という質問に、母親はしばらく黙って首をかしげていた。やがて、スイミングの北都留コーチは、小布施汐里さんとつきあっているんですよね、と俊介に問い返した。はい、そのようです、と答えると、またしばらく黙ってから、このあいだコーチに送ってきてもらった日に、帰ってくるなり顔ごしごし洗ってたものですから、と言う。

それは一月のことですか？　あの火事のあった……と俊介が尋ねると、つい一週間ほど前だという。

「本人はなんて言ってました?」

「なんも、顔が脂っぽいから洗っただけって言ってましたけど、スイミングのあとだし、ふだんそんなことしない子なので、どうしたのかと……」

北都留飯男がなにか無礼なふるまいでもしたのだろうか。

そういうふうに思い出したことを話してもらうのはありがたいと、俊介は礼を述べた。コーチとのことはよく調べてみます。ほかになにか気がついたこと、ありますか。

母親はまたしばらく考えて、ふっとため息をつくように笑った。

「これ、関係ありませんものね」と言う。

「なんですか?」

「この前、妹の恭香《きょうか》がお風呂から出たときなんですけど、恭香の肩のとこに小さいホクロありますのね。それ久しぶりに見て、ホクロって、できたり消えたりするよね、って急に言うから、あら? お母さん、ここの頬っぺたのホクロ、子どものころからいっぺんも消えたことないよ。たまには消えてほしいけどね、って言って笑いましたの」

「はあ」と俊介は言うしかなかった。ホクロも北海道ではアクセントが「ホ」に置かれる。

「そしたらキョトンとした顔してましたの。どこでそんな話、聞かされたんだか」

「おらいの、宝物さ」と脇から父親がしわがれた声で言った、ようやく俊介のほうを見ていた。

「円佳と恭香と、姉と妹さ。一人いねぐなっても、まだまだ、けっぱるさ。けっぱるしかねえもの。んだべ」といつのまにか妻に言い聞かせる言葉になって、母親はまた涙ぐみながらしきりにうなずいていた。

敦賀がビジネスホテルに戻ってきた。室蘭市内で「わたらい」のワインはけっこう売られているが、ケーキ類を置いている店がないため、円佳のポスターは一枚も見つからなかったと報告した。円佳をかねてタレントとして認識していた室蘭の若者がたまたま実物を見かけて興奮のあまり……という筋書きはどうやら成り立たない、という結論を、敦賀は悔しそうに述べて部屋に戻った。

4

翌朝、遺体解剖の結果が報告された。死亡時刻は当初の推定通り、二十三日午後八時から十一時、死因はロープで首を絞められての窒息。頸部には索条痕のほか、両耳下付近に被害者の防御による皮膚剝脱、いわゆる吉川線《よしかわせん》が認められ、被害者の左右の爪に自身の皮膚片が付着していた。また爪のあいだからは被害者の衣服とは異なる毛糸三本も採取され、黒のカシミヤ繊維と鑑定された。

暴行の形跡、その他の外傷は認められないが、両手首には頸部と同様の索条痕が認められ、数時間両手を縛られていたと推定される。

遺体の移動の可能性を示す死斑については、明確な死斑部位の変化が見られないので、死後移動されたとしても遺体発見の五～六時間前、すなわち午前四時より前だっただろう。

「カシミヤってのは、セーターですかね」と俊介。

「セーターかマフラーか、そんなとこしょう」と山背警部補。俊介と敦賀は室蘭南署の捜査会議に出たところだった。

「それは手がかりになりそうですね」

「遺体が移動されたかどうかは、わからないってことですか」と敦賀が尋ねた。

「死斑だけから言えば断定できないけど、移動されたことはほぼ間違いないね。別の場所で殺されて、あそこへ遺棄された」と言いながら、山背は長テーブルの上の現場写真の束を手繰《たぐ》り寄せて、その一部を俊介と敦賀に示した。

「ね。犯人どころか被害者の足跡もはっきり残ってない。下がやらかいのを気にしたんだか、段ボールでも敷いて、そこを遺体抱えて、一歩か二歩、歩いたんだろうね。注意深いやつなんだな」


円佳の携帯電話の通話履歴を見ると、二十二日から三日にかけて、三人の男と話していた。二十二日の午後八時に北都留飯男から電話がかかって五分間、この通話は七時四十分に円佳から飯男に「明日室蘭に行って汐里さんに会ってきます」と発信されたラインのメッセージへの応答だったと想像される。次に午後九時半に渡会進一に電話をかけて八分間、そして二十三日午前十時に渡会喜三郎から電話がかかってきて四分間話している。この三人との連絡は比較的頻繁で、このところ週に一度は電話をかける間柄であり、進一とは毎日のように電話し合っている。

一週間のあいだ、ほかに電話連絡をした男はなく、女子高校の友人たちとは通話ではなく、もっぱらラインでのやりとりが多い。電話会社の履歴も開示されたが、電話機に残された履歴と一致しない、消去された通話などはなかった。

室蘭南署としては、汐里からさらに話を聞くいっぽう、渡会進一、渡会喜三郎、北都留飯男の三人から、円佳との最後の通話などについて尋ね、二十三日夜の行動を聞き出すために、山背警部補と谷地《やち》巡査部長が俊介たちに同行して函館へ出張することになった。

函館は十年ぶりだが、ありがたい、ちょうど調べている事案があるから、行こうと思っていたところだ、と山背は言って、俊介たちの隣りに停めた室蘭ナンバーの車に乗り込んだ。

5

進一は二十三日夜、母親紗栄子と一緒に七飯の回転寿司店に行って、八時すぎまで滞在した。帰宅後九時に、紗栄子の旧友二人が事件の見舞いに訪ねてきた。そのうちの一人が婦人服専門店を開いていて、紗栄子に着る物を持ってきてくれたのだ。進一は最初だけ顔を出し、元気なところを見せてから引っ込んで休んだ。旧友たちは十時半ごろ帰ったという。

質問役は俊介が務め、山背警部補は聞きながらニコニコしていた。八時から十一時までの進一のアリバイには問題はなさそうだった。そもそも進一は、車はもちろん二輪の運転免許も持っていないから、夜中に室蘭へ行って帰ってくることも考えられなかった。

母親の紗栄子も免許は持っていない。二十歳前に一度免許を取得したが、友人たちの倍近く時間がかかり、運動神経の鈍い自分に運転は向いていないと見きわめて、けっきょく一度も使わなかったし更新もしなかった、と笑って話した。

前夜九時半の円佳から進一への電話は、明日室蘭に行ってくるという予定と、スイミングスクール退会問題がおもな話題だった。円佳はスクールをやめて高校の水泳部に切り替えたいと考えているようだった、と進一は述べた。どちらかと言うと、ぼくもスクールを辞めることに賛成でした。会える時間がそれだけ増えるから……。そう言うと進一は頬をいくらか赤く染めた。

ぼくの入院姿を見て、円佳は医学にも興味が湧いてきたと言ってました。室蘭で結論が出せるかどうかわからないけど、と……。進一は円佳を呼び捨てにして話した。

まだ右腕の火傷が痛むと言い、進一はときおりさすっていた。突然円佳の死を聞いてなにか心当たりはないかと尋ねると、はあ……と言って、それ以上なにも言えずにうつむいて腕をさする姿が気の毒だった。あるいは、なにも思い出せない自分が情けないのだろうか。

カシミアのセーターについては、白いカシミア持ってましたけど、焼けちゃったものねえ、と紗栄子が代わりに答え、さびしそうに笑ったかと思うとまた涙ぐんで、私もオレンジの、すてきなショール持ってたんだけど……オレンジ色はもう、いらないものね、と俊介に同意を求めた。炎の色だからだろうか。

段ボール箱ばかり目立つ仮住まいのマンションで、変色したピアノの上に置かれた花瓶の赤と黄の薔薇だけが彩りを担うようだった。紗栄子は黒のセーター、スカートに黒のタイツ姿だった。

マンションを出て階段を下りながら、いやあ、きれいな人ですな、と山背が感心したように言った。

6

北都留飯男は二十三日、夕方から上杉瑠菜が遊びに来て一緒に過ごし、七時に小布施拓海と待ち合わせて三人で梁川町《やながわちょう》の焼き肉屋に行った。その日は瑠菜が泊まることになっていたので、九時に店を出ると拓海とは別れた。拓海は友人の森下輝龍の家に泊まりに行ったはずだという。

上杉瑠菜が飯男の供述を裏づけるなら、飯男には二十三日の一晩中アリバイが成立することになる。

瑠菜はシングルマザーの娘で、その母親と不仲なので、なるべく家に帰りたくないのだと飯男は説明した。このごろは飯男の部屋に泊まる回数が増え、置きっぱなしの着替えや化粧品も増えてきて、居候が二人いるような気分だと言って飯男は苦笑した。

瑠菜が今どこにいるかわかるか、と俊介が訊くと、飯男は瑠菜に電話をかけてくれた。柏《かしわ》木町《ぎちょう》のファストフード店にいるというので、さっそく行くことにした。室蘭の刑事さんが円佳のこと訊きたいんだって、と飯男は説明した。電話の終わりに、今晩泊まりに行っていいかと瑠菜に訊かれたらしく、しばらく渋ってから、いいよ、来いよ、と返答していた。

円佳との通話については、円佳が室蘭へ行って汐里の意見を聞いてくるというので、やっぱりスクールをやめたがっているのかと気になって自分からかけた、と飯男は言った。何時に帰ってくるとか、汐里以外の誰かに室蘭で会う予定があるとか、そんなことはなにも言ってなかったという。

そのあとすぐ、飯男は汐里にも電話をかけた。汐里ならスクールに残るように勧めてくれるのではないかと思ったが、そうでもないらしく、この一年の円佳の記録の伸びが順調とは言えないので、そろそろ潮時かもしれないという意見だった。汐里はいつも冷静だ。せめてあと一年、限界に挑戦してみてもいいんじゃないの、と言うと、ああいうかわいい子は、そこまでしないよね、と言っていた。

「きみ、先週また円佳さんの自宅へ、車で送って行ったんだよね」と俊介は室蘭で円佳の母親から聞いた話を思い出して言った。

「はい」と答えてから飯男は警戒する目つきになった。

「そんとき、円佳さんになんかまずいことしなかった?」

「まずいって……」飯男は赤くなった。

「キスでも迫ったか」

「いや……」

「なにしたんだ」

「嘘ですよ。汐里が言ったんでしょ、円佳から聞いたって。そんなの嘘ですよ」

「だから、なにが本当なんだ?」

「なんもしてないっす。……ちょっといい雰囲気だったから、キスぐらいさせてくれるかと思ったら、ダメっていうから、けっきょくなんもしてないっす。本当です」

「ははあ。そんなことするから、きみは信用失って、汐里さんに相談するなんて言い出したわけか」

「そんな……こともないと思うけど」

「そうか。きみは彼女がいる上に女子高生ともつきあってて、それでも足りなくてスイミングの生徒にちょっかい出すのか。え。函館に置いとくのはもったいないな」さっさと出ていけと言いかけたが、かろうじて抑えた。いくらか言葉の違う飯男を、自分は道央から来た部外者だと思っているのだろうか。飯男は真っ赤になってなにも言わなかった。

カシミアの衣類について尋ねると、そんな高級なものは持ってない、という返答だった。


柏木町へ行くと、上杉瑠菜は友人三人とケラケラ笑って騒いでいた。ファストフード店なので無理もないが、誰もマスクをしていなかったので俊介は狼狽《ろうばい》した。円佳の死について調べているのだと聞かされると、メチャびっくり、すごいショック、と口々に言ってまた騒いだ。

コバルト・ブルーの爪をつけた指でスマホの手帳アプリを開いて、瑠菜は二十三日夕方から二十四日朝まで、ずっと飯男と一緒にいたことは間違いないと答えた。それを聞いて友人たちは、手を打ってはやしたてた。一人の人とそんなにいて、よく飽きないね、愛してるんだね、うけるー。瑠菜は黙って微笑んでいた。瑠菜も友人たちも、学校が終わってから存分に化粧したらしく、赤や紫のアイシャドーを輝かせている。

飯男君はカシミアのセーターかマフラー持ってないかな、と俊介が瑠菜に尋ねると、カシミア？　ないんでない？　という返事で、隣りの友人がなにそれ、犯人の服装？　と言い出してまたにぎやかになった。

瑠菜は信用できますかね、と店を出てから山背が言った。瑠菜を巻き込んで北都留飯男と小布施拓海がなにごとか共謀したとすれば、かれらのアリバイは成立しないことになる。

ご覧の通り、非行少女に近いとは思いますけど、殺人に加担するような子でないんでないかなあ、と俊介は言った。山背は二度、三度うなずいてから、あの子は暗い目をしてるなあ、とぽつりと言った。よっぽど家に帰りづらいんでしょうね。

三人が九時まで食事していたという梁川町の焼き肉屋でも、ウラは簡単に取れた。

その後、小布施拓海が九時に飯男、瑠菜と別れてからの行動を確かめることになり、夜になってから俊介は山背を連れて森下輝龍の自宅を訪れた。森下家は五稜郭史跡の掘割の近くに大きな屋敷を構え、かつて祖父母が住んでいた離れが今では輝龍の専有物で友人たちの溜まり場になり、とりわけ拓海には便利な宿泊地になっているとのことだった。拓海も慣れたもので、何時に着いても輝龍の母親が起きていれば挨拶し、軽食なども出してもらう。三月二十三日も九時半ごろ訪ねてきた。輝龍は母屋にいて、函館の有名店を芸人が食べ歩くテレビ番組を母親と見ていたので、十一時まで一緒に見ていたという。母親が旅行から帰ってきた日だったので、日付けに間違いはないそうだ。したがって、円佳の死亡推定時刻の下限である十一時まで、やはり拓海のアリバイも成立している。

7

残るは渡会喜三郎だが、案の定と言うべきか、喜三郎に対する聞き込みの結果は思わしくなかった。喜三郎は二十三日朝から、「北海道ワイン協議会」総会の準備と、懸案だったパンフレットの打ち合わせのために、車で小樽に行っていた。行きは北都留奈々子を乗せていたが、奈々子の父親のレストランで夕食を取って帰路は一人、小樽を七時に出て札幌、苫小牧、室蘭を経由して深夜〇時ごろ桔梗町の自宅に戻った。ずっと高速道路を走っていたので室蘭市内には降りなかったが、室蘭インターチェンジ付近を通過したのは九時半ごろだという。

九時半なら、円佳の死亡推定時刻に含まれている。道央自動車道の室蘭インターは市街地からだいぶ離れているが、それでも地球岬まで三十分もあれば行けるだろう。

山背は喜三郎に車のナンバーを尋ねてメモを取った。

「わたらい」本社の二階の一角に、「北海道ワイン協議会対策室」という小部屋が設けられていて、俊介たちが案内されたのはそこだった。壁に大きな円佳のポスターが貼ってある。

二十三日十時に円佳に電話をした理由は、「北海道ワイン協議会」のパンフレットのモデルを務めてもらうことを、円佳に最終的に確認することだった。円佳は未成年なので、ワインの広告に出ることには及び腰だったが、モデルの年齢を公表するわけではない、それよりも「協議会」がパンフレットの内容に合意できるかどうか、制作を自分に任せるかどうかのほうが懸案なのだと喜三郎は説明していた。その電話ではとりあえず、「わたらい」のポスターを小樽に持参してモデルの人気ぶりを説明し、「協議会」の賛同を得ることにしたい、と言って円佳は諒承してくれた。

その電話の折りに、円佳がこれから室蘭へ先輩に会いに行くと聞いた。なんだ、それなら送って行かれたのに、と言うと、もう新函館北斗の駅にいて、これから特急に乗るところだという。じゃあ、帰りは？ と念のために尋ねたが、円佳はいいです、汽車で帰りますから、と遠慮しつづけたので、実際何時の特急で帰るのか、自分は知らなかった、と喜三郎は言った。

円佳が汐里に会うほかに、室蘭で用事があったのかどうか、電話のときには考えてみもしなかったが、今になってみるとそうだったのかもしれない、と喜三郎は言った。室蘭駅あたりで自分と待ち合わせれば、時間の節約になるだけでなく、その日の小樽での会合の成果について、車の中で説明することもできた。実際小樽では、円佳の写真は概して好評で、ゆくゆくは彼女を使いたいという話に賛同が得られたが、肝心の「協議会」の予算や各社の分担金について合意ができなかったため、結論は次回に持ち越しになった。

奈々子さんのお父さんのレストランには、よく行くんですか、と俊介は尋ねた。喜三郎は奈々子との結婚を考えているのかもしれない。

「二回目ですね」と喜三郎は照れたように笑いながら答えた。

「北都留康男さんは、その昔お父さんが手放した七飯の土地にこだわりをお持ちだと、聞いたことがありますが」

すると喜三郎はくっきりした眉をひそめて俊介を見返した。

「奈々子がなんか話したんですか」

「特に奈々子さんということでなくて」と俊介はわざとぼやかして答えた。

喜三郎はゆっくり首をかしげてから、

「……奈々子は多少、心配してましたけど、なんも言われませんでしたね。今はもう、さっぱりしてるんでないですか」

「失礼ですが、奈々子さんと結婚なさるご予定ですか」

喜三郎は今度は不快そうに眉をひそめた。

「いや、まだそこまでは……」と言って、長いため息をついた。

喜三郎は奈々子としばらく交際して別れるつもりなのだろうか。二度も小樽のレストランに現れたあとでそんなことをすれば、それは父親の康男にとって、またしても渡会が北都留を裏切った証拠に見えはしないだろうか。俊介はそんなことを思ったが、現時点で問いただすわけにもいかない。

喜三郎は長い前髪を掻き上げると、

「ぼくは、先々のことはなかなか考えられなくて」と意外に辛そうな口調で言った。

「そうですか」と応じて俊介が多少反論しようとしていると、

「……考えて、うまくいったためしないんだな。……いるしょう、たまにそういうバカなやつ」と言って喜三郎は笑った。その笑顔がふと、傷ついて飛べない鳥のような印象を与えたので俊介は驚いた。カメラマン修業の失敗が、今でも心にわだかまっているのだろうか。

もうひとつやっかいなのは、カシミアの件だった。喜三郎はカシミアならありますよ、と即答した。黒いセーターだという。今お話に出た北都留奈々子から、去年もらったものです、ともつけ加えた。山背は揉み手をして、それをすぐに見せてもらうわけにはいかないだろうか、と頼み込み、喜三郎の退社時刻を待って桔梗町の自宅まで、車で追尾していくことになった。喜三郎は嫌疑をかけられた不快感を表情に出すこともなく、こちらの要望を受け入れてくれた。

一時間後、山背は喜三郎のカシミアのセーターから数本毛を抜いてビニールの小袋に大事そうに収めた。

喜三郎宅を出ると、さっそく山背は室蘭の捜査本部に電話をかけて、喜三郎の車をNシステムで検索してほしい旨伝えた。室蘭インターチェンジ付近にもNシステムのカメラは設置されている。その前後を大きな時間のずれなく通過していれば、市内には立ち寄らなかったことが証明されるが、どうなるだろうか。

山背は喜三郎の黒のカシミアのセーターについても報告した。ひょっとすると、いいお土産ができたかもしれません、と言って電話の向こうの上司に笑いかけていた。

「これでセーターの糸くずが鑑定で一致したら、決まりでしょうかね」と山背は機嫌よく言って天井の割り箸を割った。方面本部の控室だった。

俊介もそうであればいいと思い、まして水を差す気はなかったが、小布施拓海を追いかけてカラ振りになった記憶があるので、慎重を期したかった。

「だけど、Nシステムに引っかかるかもわかんないですよ」

「まあ、それはなんとかなるしょう」と言って、山背は真っ先に白菜の漬物の小皿に箸を伸ばした。

「北都留奈々子ですか、その女に運転してもらったっていいんだし」と言って、白菜を嚙みながら、

「ああいうヤサ男が、けっこう大それたことしますよね。あ、いけね」と山背は口許を押さえ、「調子に乗りましたかね。予断は禁物だ」と言って、山背は天井に向かって箸の手で敬礼したが、それら全体の仕草がかれの上機嫌をあらわしていた。

天井を半分片づけ、九分通り真顔に戻ってから山背は、

「だけどあの人、円佳を殺害する動機はあるんですか」

「今のところ、トラブルらしきものは出てないんですけど、女性関係はいろいろあったみたいだから、あるいはそっちのほうで」

「あ、そうですか」

「円佳は進一とつきあってて、仲は良かったみたいですから、年の離れた喜三郎に熱を上げたとは思えない。上げたとすれば喜三郎のほうでしょうね」と茶をいれながら俊介は言った。

「つまり、円佳に横恋慕したけどうまくいかなくて、ってスジですか」

そこへ敦賀と室蘭南署の谷地の二人組も戻ってきた。二人は円佳の実家から情報を得て、円佳が在籍していた女子高校の担任や友人たちを訪ねたが、めぼしい証言は得られなかった。

「円佳は進一に夢中だったそうですわ」という敦賀の言い方がいかにも口惜しそうだったのでみんな笑った。

8

山背警部補と谷地巡査部長のコンビは翌日室蘭へ帰った。この間現地では現場検証が続けられていたが、新しい手がかりは出なかった。市内の監視カメラからも成果があがらなかった。

ただし室蘭駅の窓口に座っていた駅員が、二十三日午後五時半ごろ、女子高生らしい女の子が壁の観光ポスターをじっと見ているのを覚えていた。日ごろ見かけないかわいい子だから印象に残ったという。円佳の写真を見せると、この子だったと思うが、まもなく呼ばれて席を立ったので、その後どうなったかはわからないと答えた。

五時十五分に小布施汐里の家を出た円佳が室蘭駅へ直行したとすれば、二十五分には到着しているだろうから、時間のつじつまは合う。ただし、円佳は東室蘭八時十三分発の特急チケットを持っていたから、それに乗るのであれば、五時半に室蘭駅に行くのは早すぎる。五時半に誰かが電車で室蘭駅に着くのを待っていたのだろうか。東室蘭からの電車は五時二十五分と四十七分に室蘭に着く。

あるいは円佳はそのまま東室蘭に出て、そこで誰かと待ち合わせをしていたのだろうか。五時四十分に東室蘭行きが出ている。それに乗ったのだろうか。その場合待ち合わせの相手は、函館方面と苫小牧・札幌方面のどちらから来たのか。六時前後に東室蘭に停車する特急は上下二本ずつある。

いろいろなケースが考えられたが、いずれにせよ円佳の足取りは目下のところそれ以上追えなかった。ただ、小布施宅を出た円佳が、一人で地球岬に直行した可能性だけはないように思われた。

喜三郎の供述は嘘で、やはり室蘭駅周辺で円佳と待ち合わせたのではないか、という声も捜査本部では出た。だが、車で来る待ち合わせなら電話連絡が不可欠だろうに、円佳の携帯電話にはその時間帯の通話が記録されていない。しかも五時半なら喜三郎はまだ小樽を出発さえしていない時間だ。

翌日になって、Nシステムの記録から、喜三郎のベンツが当日午後九時二十分に苫小牧を通過し、つづいて十時には室蘭、十時半すぎには長万部《おしゃまんべ》を通過したことが判明した。途中で高速を降りて寄り道をすることは困難で、地球岬まで行って帰ってくることは不可能だと判断された。

いちおう喜三郎のアリバイは成立したが、Nシステムのカメラは運転者の顔を記録していない。運転を代行してくれる共犯者がいれば、室蘭付近で喜三郎はこっそり車を降りて、あとは自由に行動しうると指摘する者もいた。十時に室蘭でフリーになったとすれば、かろうじてまだ円佳の死亡推定時刻の範囲内である。山背もそう考えているようだった。

山背たちを喜ばせたのは、円佳の爪に残っていたカシミアの繊維と、喜三郎のセーターの繊維が一致したことだった。山背を先頭に八人の捜査員が翌日の朝から函館へ来て、方面本部に挨拶し、部屋を借り受け、もはや案内を乞うこともなく、喜三郎と北都留奈々子を取り調べはじめた。残った刑事たちは喜三郎の写真を持って室蘭の町に散り、小樽にも人員を派遣して、喜三郎のアリバイを調べているという。

午後になって山背が教えてくれたところでは、喜三郎は小樽からの帰路はずっと一人だったと主張し、北広島市《きたひろしまし》輪厚《わっつ》のパーキングエリアでガソリンを入れたから、そこの店員に訊いてくれとまで言った。それではどうしてあんたのセーターの毛が被害者の爪についていたんだ、と問いただすと、知らない、最近円佳には会っていないからついているはずはない、誰かが自分を陥れようとしているのかもしれない、との返事で、誰があんたを陥れるんだ、と訊くと、心当たりはない、と答えるばかりだということだった。

一方北都留奈々子は、喜三郎が去ってから旧友二人と小樽市内の喫茶店で会っており、八時から九時半までアリバイが成立していた。

奈々子以外にベンツの運転を手伝う喜三郎の共犯者候補として、奈々子の弟の飯男はどうか、と山背は問い合わせてきたが、俊介はなんとも答えられなかった。喜三郎と飯男の共通点は、どちらも円佳に興味があるという点だが、それ以外の関係について俊介たちは把握していない。

夕方になって、輪厚パーキングエリアへ出かけた刑事が、喜三郎を覚えている店員に問い合わせ、なおかつ監視カメラの保存録画を見せてもらって、喜三郎が午後八時に一人でベンツを運転して給油に立ち寄ったことを確認した。喜三郎はこのとき、たまたま安売りしていたストーブ用の灯油も購入したので、店員はトランクを開けてポリタンクを収納した。もちろんトランクには誰も乗っていなかった。

これで喜三郎の嫌疑はかなり晴れた。室蘭の捜査員たちは今後、セーターの繊維を使って喜三郎に罪を着せようとした者、つまり喜三郎に恨みを抱く者を探すべく、「わたらい」関係と友人関係を調べることになった、と山背は語った。

他方で山背は、北都留飯男の単独犯行の可能性にも興味を示していた。喜三郎を手伝ったのではないとしても、飯男は飯男で、円佳にキスを迫って拒まれるなどしている。それを恋人の汐里に告げ口されれば、円佳を逆恨みする可能性があるのではないか。飯男の家に泊まりにくる上杉瑠菜も、飯男に協力するために嘘の申し立てをするかもしれない。

ただ、具体的にどのように連絡をつけて円佳と会うに至ったのか、それを考えると、恋人の汐里をも巻き込んで、少なくとも円佳に会うところまでは汐里に仲介を頼んだのかもしれない。

こうした点に留意しながら、今後とも室蘭・函館両方で捜査を進めたい、と山背は述べた。

9

七飯の寺で行われた円佳の葬儀はちょっとした見ものだった。円佳との別れを惜しむ、高校生とおぼしい男女が数百人参列して両親を驚かせ、新しい涙を流させた。渡会進一は母親と一緒に喜三郎の車に乗ってやってきた。北都留飯男もいた。テレビ局の中継車も二台来て、レポーターが円佳のポスターを見せながらカメラに向かって話していた。

寺の前庭には梅の花が咲いていた。

葬儀の様子は新聞の函館版にも紹介された。新聞はどれも、円佳の事件は二か月前の渡会事件とは無関係と見ていた。

捜査本部でも、円佳の一件はこちらとは無関係だという見方がだんだん強まっていた。いくら調べても、円佳が放火事件に関与した形跡は見当たらないし、たまたまなにかを知った、あるいは目撃したとしたら、二か月もたってから始末するのでは遅すぎる。実際俊介が何度思い返してみても、なにかを知って隠しているようなそぶりは円佳には見られなかった。

円佳は室蘭駅で地球岬のポスターでも見て、思いついて出かけて行き、そこでナンパされるか、あるいは通り魔に襲われ、成り行きで殺されてしまったのではないか。そんな見方に函館の捜査本部は傾いてきた。

室蘭南署の捜査本部は、二十三日夜に地球岬の駐車場を利用した車輛のうち、二台を特定することができ、聞き込みに行った。どちらも乗っていたのは市内在住の若いカップルで、午後九時前後に駐車場を去り、異常には気づかなかったと返答した。不審な点は見当たらなかった。

さらに南署は、夜中にオートバイを連ねて市内を走る若者グループにも注意を向けた。尋問を嫌がる連中をなだめすかして話を聞くうちに、二十四日の午前一時半ごろ、バイクに乗った男女二人連れが地球岬のほうへ向かうのを見た、という証言がようやく得られた。運転席の男も後ろにくっついた女も、フルフェイスのヘルメットだったので人相はわからないが、乗り物はたぶんカワサキの二五〇ｃｃだと思う、と証言者は言った。

午前一時半なら円佳はすでに死亡している。だがカワサキの男女が地球岬へ行ったとすれば、なにかを目撃した可能性はある。捜査本部は、室蘭市内の二輪免許取得者の総点検を手始めに、この男女を探し出すことにも力を注がねばならなかった。

10

円佳の葬儀の翌日、捜査員の一人がネット上に妙な写真を発見した。「おれたちのアイドルが急死！　しかもレイプされて殺された！」というSNS上の投稿と一緒に、円佳がオレンジ色の小さなビキニを着て、胸の膨らみを強調しながらこちら向きに微笑んでいる上半身写真が掲載されていたのだ。撮影場所は室内で、背景はクリームがかったオフホワイトの壁面だ。投稿日は室蘭の事件発覚の二日後、三月二十六日だった。

それからすでに三日を経過して、この投稿は一万回近く引用され、さまざまなコメントを呼び寄せていた。函館界隈からの投稿が多く、中には円佳の本名や通学先を明かすもの、死亡現場を教えるもの、「レイプされて」というのは根拠のない臆測である、と訂正するものなどもあった。多かったのは「あのマスカット・シャーベットの子か！　悲しい！」といった慨嘆だった。

こんな写真を撮らせるようなタレント活動を、円佳はしていたのだろうか。いわゆるアイドルの写真集に見つかる程度の肌の露出だから、隠すまでもなかったはずだが、どういうわけか捜査本部の耳にも目にも、今まで入ることはなかった。知られざる円佳の秘密が、ひょっとしてそこに隠れているのだろうか。

それを調べるためには写真の出所を特定する必要がある。だが、この写真を最初に掲載した投稿者の表示ネームもアカウント名も、どこの誰と特定するのは不可能で、現段階では運営会社に情報公開を求めることも難しい。

捜査員は思いあまって、円佳の両親を訪ねて写真を見せた。両親は、こんな写真ははじめて見た、円佳がこんな恰好《かっこう》で写真を撮ったとは聞いたことがない、と驚いた。母親は写真をじっくり二度見して、これ、本当に円佳なのかしら、とむしろ不思議そうな口調で言ったという。

山形は小布施拓海や森下輝龍にふたたび連絡を取って尋ね回った。するとかれらの多くはこの写真を去年のうちから知っていて、グループ内ではラインなどで共有され、拡散されてきたことがわかった。最初の掲載者が誰なのかははっきりしなかった。

だが渡会進一も、円佳本人もすでにこれを見ていたはずだという。上杉瑠菜によれば、円佳は合成写真だと断言した。顔は自分だが、自分はこんな大胆な水着をつけたことはないし、そもそもこんなに胸が大きくない、と言ったという。瑠菜がそう聞いたのは、去年のうちか、年が明けてすぐのことだという。

合成写真だと思いながら見ても、山形も俊介も、写真の円佳の顔から身体にかけて、不自然な切れ目や継ぎ目を見つけることはできなかった。最近の写真の修整技術は進歩して、それを悪用した改造写真で闇の商売をしている連中も少なくないと輝龍は言った。輝龍はこういう話題に関しては拓海より詳しかった。

もう一つ輝龍が指摘したのは、この写真の髪をうねらせたヘアスタイルは、「わたらい」のシャーベットのポスターと同一であり、背景のトーンも同じであるという点だった。写真の顔はポスターのものとはアングルが違うから、予備の画像をデータで所有した誰かが、背景と円佳の顔を残し、首から下だけ、別人のビキニ姿の写真と入れ替えたのではないかという。

そうだとすれば、画像を持っていたのは撮影者である渡会喜三郎ではないか。輝龍もうなずき、こっちでもそう話していた、ひょっとして喜三郎が円佳をおだてて、この水着写真をこっそり撮らせたのかもしれない。ポスターとは別に、いろいろな用途があるだろうからだ。その点を、進一なら円佳や喜三郎に問いただして確認することができるのではないか。だからいずれ進一から真相が聞けるだろう、直接ではないにしても、話はこちらへもじきに伝わるだろう、そう思っていたところへ火災事件が起きて、それきりになっていたと輝龍は言った。

そこで今度は喜三郎に会いに行って尋ねてみると、この写真のことはすでに知っていて、やはり合成物に間違いないと言った。これを最初に見せてよこしたのは進一で、正月の挨拶に行ったときだから一月の二日だったと思う。円佳にはまだ見せてない、と進一は言いながら不安そうな顔だったが、説明を聞いてだいぶ安心していた。つまり、この原画は自分が撮影したものではない。バックと円佳の髪型はたしかにポスターと同一だが、円佳のやや朗らかすぎる表情を見て、自分がシャッターを切った絵ではないと直感的に思い、あとで確かめてみたらやはりそうだった。撮影は函館市陣川町《じんかわちょう》の堀池光男《ほりいけみつお》のスタジオで行われ、オーナーの堀池も記念に、と言って脇から二、三回シャッターを押していた。合成に使われたのはその中の一枚ではないかと思う。

堀池は高校時代から喜三郎のカメラ仲間で、写真スタジオ兼広告カメラマンを市内で営業して二十年になる。モデルの肖像権のことなどは心得ているはずだが、たまたま市内で人気だった円佳の写真なので、気安く誰かに進呈したのかもしれない。それが加工されて出回ったと睨んでいる。喜三郎がそう説明すると進一は納得した。円佳にもそう言って謝っておいてくれ、もしこれ以上の被害があるようだったら警察に相談してもかまわないし、それは自分の責任でもある、と喜三郎は言い添えた。

さっそく堀池に連絡して事情を聞き、場合によっては抗議しようと思ったが、写真一枚のことで正月早々騒ぐのもどうかと考え直し、松が取れてからにしようと思って、つい忘れているうちに火災事件が起き、それ以来すっかり失念していた。火災後も円佳と話す機会は何度かあったが、この写真の件はやはり念頭になくて確認しなかった。円佳もなにも言わなかったから、たぶん自分の説明を進一から聞いて、それ以上気に留めていなかったのだと思う、と喜三郎は話した。

今度は堀池光男から話を聞く段取りになった。俊介は念のため室蘭南署の山背警部補に電話をかけ、どの程度の話なのかわからないので、とりあえずこちらで堀池に会ってくる、ということで諒解を得た。

11

陣川町は湯ノ川署の管内なので、俊介にも山形にも土地カンはあったが、新外環道《しんそとかんどう》近く、コンクリート打ちっぱなしの堀池光男のスタジオは初めて見た気がした。最近建て替えたもののようだ。

堀池は喜三郎と同い年だが老けて見えた。腹が突き出し、肩近くまで伸ばした髪に白い筋が目立った。

堀池の説明によれば、問題の円佳の写真は自分が撮影したデータを加工したものだと思うが、加工したのは自分ではない。円佳ファンの若い男は市内にいくらでもいて、ポスター撮影時に雇っていたアルバイトの菅野大翔《すがのひろと》という男もその一人だった。菅野に円佳の写真を見せると、友達に見せたいと言うので二枚ほどデータをコピーさせてやった。そのうちの一枚にこれの原画、つまりビキニ水着に入れ替えられる前の円佳の写真があった気がする。

そう言って堀池はしばらくパソコンの前に座ってデータを検索していたが、やがて俊介たちをそばに呼んだ。行ってみるとパソコンの画面には、その原画らしい円佳の上半身が映し出されている。正面を向いた笑顔の下はポスターで見覚えのあるピンクのブラウスだ。

「あ、これか」

「これは菅野にコピーさせた写真のうちの一枚ですね。あいつが悪戯《いたずら》でこういう加工したんでないですか」

「その菅野君に、連絡取れますかね」

「電話番号はわかると思うけど、今は学期中だから、室蘭に帰ってると思いますよ」

「室蘭？」

「ほら、あっちに工業大学あるしょう。あすこの学生だから」

「あ、なるほど」と言いながら、写真を追いかけてきた甲斐があったかと俊介は興奮した。

「撮影の当日、菅野は嶋岡円佳をここで見てるんだもね」と山形もやや意気込んで尋ねた。

「うん、そりゃ見てるけど、話はしてないんでないかな。いちいち紹介とかしないしね。まさか菅野が、円佳ちゃんをどうこうしたって話でないよね?」と堀池はあわてた口調で山形に訊いた。

「ない、といいけど……」

「おれ、やだなあ、そういうの」堀池は白髪まじりの頭をさすった。

「したけど、円佳ちゃんの事件、室蘭だからさ。室蘭に知り合いいないって話だったもの。もしいるなら、なんたかんた調べないばなんないべさ」

「うーん、そうだもねえ」と言うと、堀池は椅子の背にぐったりもたれて太い腕を組んだ。

菅野大翔が室蘭の町で円佳を見かけて話しかけ、トラブルに発展した可能性は否定できない。さっそく室蘭南署の山背警部補に連絡しなければならないが、

「堀池さん、喜三郎さんとは昔から友達なんでしょ」と、俊介はせっかく来たので話題を広げた。

「あ、そだよ。写真部で一緒でね、高校の」と言うと、堀池は放心したように宙を見つめて、

「不思議な人だよねえ、あの人は」

「不思議ですか」

「だって金はある、女にはモテる、若いときからやりたい放題しょう」

「そうなんですか」

「だって二十歳ごろからハッセル持って、親父さんだか兄さんの車に女の子乗せて、ばんばん写真撮りに行くんだもの」

「ハッセル?」

「ハッセルブラッドって、昔の高級カメラさ。それだけでもう満足だべと思ってたら、根が真面目なんだね、あの人。どうしても一人前になりたいって、写真家に弟子入りしてさ」

「あ、京都の」

「そうそう。おまえ、なんも苦労したことないんだから、弟子なんて無理だ、やめとけって、さんざん言ったんだけどさ。わざわざ京都まで行って、八年かい？　それでものにならなくてさ」

「当時は、がっくりきてました？」

「きてたよ、そりゃ。だけど、円佳撮るのにカメラ構えるの見てたら、もう全然、おれらとは違ってたね」

「そうだったんですか」

「あっ、と思ったらシャッター押してるんだよね。さすがだと思ったよ」

「京都行く前につきあってた女の子というのは、今は函館界隈にいないのかな」

「女の子。いろいろいたけど、最後は兄貴の陽二郎さんと一緒になった紗栄子さんだよね」

「おや、そうだったんですか」と俊介はわざと興味深そうに言ったが、

「いやなんも、紗栄子さんにしたって、京都行くってわかってたのにつきあってたから、本命は最初から陽二郎さんだったのかもわかんないけどね。だけどあのころは、ちょうど紗栄子も免許取ったから、最後にお別れのドライブでもするべか、兄貴の車借りて、なんて言ってたからね」

「お別れのドライブ。なるほどね」

「だけどあとで聞いたら、ドライブやめた、って言うんだよね。友達の小森《こもり》ってのが、喜三郎が紗栄子さん車に乗せて出ていくとこ見たって言ってたもんだから、あれ、変だな、と思ったけどさ」

「なしたんだべね」と山形。

「まあ、どうせ別れるのにドライブでもないから、途中でおもしゃくなくて、引き返してきたのかもわかんないけどね」

山形が小森の下の名前を尋ねると、小森浩司《こうじ》だと教えてくれたが、すでに病死したという返事だった。

「え、そんな二十年も前のこと、今ごろ調べるのかい」と堀池は驚いた。

「手がかりが少ないもんだから、なんでも食いついてみるわけさ」と俊介。

「この円佳の写真だって、どうふに転ばさって事件に結びつくのか、さっぱりわかんないんだけどもさ」と山形はわざと朗らかに言って堀池を苦笑させた。

12

俊介は捜査本部に戻ると、学生・菅野大翔の実家を調べて大翔の室蘭の住所を聞き出し、次に山背に電話をかけて事情を話した。大翔は室蘭で嶋岡円佳と偶然出会った可能性もあるし、写真を撮らせてほしいなどと言って、なんらかの方法で接近した可能性もある。山背は喜んだ声で、さっそくあたってみます、と言った。大したことがなければ、返事はメールでけっこうですから、と俊介はつけ加えた。

山背からの返事は翌日の夕方メールで来た。

嶋岡円佳の写真を加工したのは自分だ、と菅野はあっさり認めた。こういう写真を撮らせてもらったと、函館の後輩たちに自慢しようと思って、つい悪戯心を起こした。だが三月二十三日は円佳に会っていない。まだ大学が始まっていないので、自分は函館の実家にいて、平日の夜は日乃出町のカニ料理店で食器洗いのアルバイトをしていた。二十三日も夕方五時から十一時まで、店に出ていたから調べてほしい。円佳が室蘭で殺されたというニュースには驚いたが、自分は円佳が室蘭に行ったことさえ知らなかった。

俊介は日乃出町のカニ料理店へ行った。菅野のアリバイは店員の記憶とタイムカードなどから裏づけられた。

これで円佳のビキニ写真の顚末《てんまつ》は、ほぼ明らかになった。要するに渡会の事件はもちろん、円佳自身の事件とさえ関連していないようだ。山背にも連絡したが、受けた情報以上に食い下がって質問をしてくることはなかった。

また一日ずつが単調にすぎていった。状況に変化は生じなかった。俊介は週に一度、進一の記憶の回復ぐあいを見るために紗栄子の仮住まいを訪ねたが、そこにも変化はなく、進一が拓海や輝龍と同じ私立高校に転校することが決まっただけだった。ガーゼはだいたい取れたが、胸と腕のひきつれには、あらためて皮膚移植が必要になるだろうと進一は言っていた。

念のために円佳の加工写真を進一にも見せたが、特段の反応はなかった。この写真を見たことがあるという記憶さえ、よみがえってはこないらしかった。

13

それから五日ほどたった四月十五日、山背警部補からメールが来た。今度は長いメールだった。

捜査の難航は相変わらずだが、昨日曜日、地球岬周辺をもう何度目になるか、聞き込みに回っていると、先日函館で会った渡会進一らしき少年が駅から出てきた。ご存じかもしれないが、母を恋すると書いてボコイと読む駅で、室蘭から東室蘭に向かう最初の駅である。なぜこんなところにいるのだろうとなんとなく尾行してみると、進一らしき少年は、しばらくすたすたと歩いて、母恋北町《ぼこいきたまち》のアパートの一室に入った。そこには「糸川静代《いとかわしずよ》」と表札が出ていた。

一時間以上待ったが出てこないので、駅前の母恋交番に行って、顔馴染みの巡査に糸川静代について尋ねてみた。静代は三十七歳、長いあいだ市内の大手ホテルの従業員で、今年十七になる一人息子の豊《ゆたか》をシングルマザーとして育ててきた。豊は中学校を卒業するといなくなったが、静代の話では札幌に住んで、喫茶店で働いているとのことだった。

豊は不良グループに交じって、無免許でオートバイを乗り回したりしていたが、母親思いのところがあって、大きな事件には加担しなかった。札幌へ出てからも、ときどき母親のところへ戻ってくる。さっきもそこを通るのを見かけたので、久しぶりに帰ってきたのかと思っていた。オートバイで帰ってくることもあったが、今回は汽車で来たようだ。だから函館から来た少年は、豊に会いに来たのかもしれない。十七歳なら糸川豊と渡会進一は同い年だから、どこかで知り合ったのではなかろうか。巡査が知っているのはそれぐらいだった。

そこで相談なのだが、進一が糸川静代宅を訪ねた理由はなにか、豊と知り合いだとすればどのような関係なのか、念のため進一に尋ねてみてくれないだろうか。豊が円佳の事件に関係しているとまで現段階では考えていないが、こちらでは二十四日深夜一時半にオートバイに乗って地球岬方向へ向かった男女を捜しており、ひょっとして豊が該当するのではないかと考えている。いずれにしても、円佳の現場近くに進一の知り合いがいたという事実を、単なる偶然として見すごすのは惜しい気がする。ちなみに、地球岬は母恋南町にあって、糸川静代宅から歩けば上り坂がきついが二十分程度である。

糸川豊と進一がもし旧知の間柄なら、豊は進一を介して円佳に会った可能性はないだろうか。二十三日に、室蘭までやってきた円佳と豊が待ち合わせたとは考えられないか。待ち合わせまではしていなくても、一度でも会ったことがあればあれだけの美少女だから、豊が覚えていて、たまたま室蘭市内で見かけた折りに、積極的に話しかけることもありえたかと想像している。捜査難航の現状では、どんな手がかりでも欲しい一心なので、この点について可能性を探っていただけたらありがたい。云々《うんぬん》。

俊介は母恋という駅名にはぼんやり聞き覚えがあったが、地球岬から近いことは知らなかった。藁《わら》にもすがりたい山背の心境はよく理解できたので、さっそく進一を訪ねることにした。

建て直した新居が来週完成するとのことで、紗栄子の家には段ボール箱がさらに増えて積み上げられていた。進一は記憶が戻らないことにもう慣れて、新しい高校にも順調に通っているという。

「ところで進一君、きのうの日曜日、室蘭へ行ってきましたか」

「あ、はい」と答えた進一はさっと赤くなった。マスクをしているのは客である俊介だけだった。

「あのぼく、円佳のその、現場になった場所に、お花を供えたいと思ったものですから」

「あ、地球岬に行ってきたの」俊介は合点がいく思いで、なかば拍子抜けしながら、

「それはいいけど、そのときどこかに寄らなかった?」

「え」と言って進一は母親を見やった。紗栄子はちょうど紅茶を運んでくるところだった。

「糸川さんっていう……」

進一は目がきょろきょろとよく動く。入院中からそうだったことを思い出した。

「糸川さんはね、私の古いお友達ですの」紗栄子が笑顔になって、進一の隣りに座りながら、

「今度のことでも、ずいぶん親身になって、励ましてもらいましたのね。だから進一が室蘭行くなら、ついでに糸川さんに寄って、元気なところを見せてきてって、私から進一に頼みましたの」

紗栄子が出してくれた紅茶の入れものは紙コップだった。

「そしたら糸川さん、とっても喜んでくださって、ずいぶんお土産なんかいただきましたの。

……それが、どうかしました?」

「あ、いや、室蘭のほうで、ちょっと進一君を見かけたというものですから」

和室にも段ボールが積んであった。ピアノの上の花瓶もなくなっている。

「で、進一君はその、糸川さんとこの男の子と、友達ですか？」

「あちらのお子さんは……あなた会ったことあるんだっけ？」紗栄子は進一を見やった。

「いや……」

「進一君が訪問したとき、その子に会いました？」

進一はしきりに首をひねって、

「……いや」

「会わなかったんですか。日曜にその子を見かけたって話があったから。豊君というんですが、同い年だということで、進一君と知り合いかと思ったんですが」

「そう、同い年ですけど、入れ違いだったのかしらね。どっちみちあなたは、お母さんの用事で静代さんに会いに行ってくれただけだものねえ」

「うん。……家にいたかもわかんないけど……出てこなかったな」と進一は首をかしげながら言った。それから母親を見やり、母親は別にそれでかまわない、と言うように微笑んでうなずいた。

「奥さんは糸川静代さんと、いつ知り合ったんですか」

「それはもう、十年以上前。進一が二つだったから、十五年前ね。みんなで車で旅行してるとき、この子が熱を出したんです。それがちょうど室蘭で、夜遅かったけど、小児科の夜間診療やってないかと思って、ホテルのフロントで相談してたら、熱さましの座薬でしたら私持ってますから、それ使ってみたらどうですかって、言ってくださったんですね。二歳ならうちにも同じ年の子どもがいて、こないだ熱を出したときに先生にもらったのを使って、冷蔵庫に余ってるのがありますから、って。それが静代さんで、すぐに家に帰って取ってきてくれましたの。そしたらその薬がよく効いて、熱も下がったし、そのほかいろいろ、静代さんにはすごく親切にしてもらって、ありがたかったんですの。あなたは覚えてないでしょ」と紗栄子は最後に進一に尋ねた。

「そりゃ無理だよ」と言って進一は苦笑した。

そのとき玄関のチャイムが鳴って、ドアが開く音がした。進一が立って玄関に出るあいだ、

「また喜三郎さんだわ」と言って紗栄子は顔をしかめた。

「どう、調子は。ピアノの弾き方ぐらい思い出した？」と言いながら喜三郎は入ってきた。

「ちょっと、勝手に上がらないでよ、お客さんなんだから」と紗栄子が言ううちに喜三郎が居間の敷居に現れ、顔見知りの俊介に気づくとあわてて会釈して、

「あ、こないだはどうも。またなにか？」

「いや、念のためにちょっとね。もう済んだから、失礼するとこです」

「それはどうも、ご苦労さまです」

俊介と喜三郎が頭を下げ合うのにいらだったかのように、紗栄子は立って台所へ行った。

「『わたらい』のアイスクリーム、持ってきたよ」と喜三郎は座りながら座卓の上にしゃれた紙袋を置いた。

「刑事さんの分もあるから、みんなで食べましょう。進一だってこのアイスクリームの味なら、

いくらなんでも覚えてるだろう？」

「だめなのよ、進一は」と紗栄子がキッチンから声を張り上げた。

「今おなかがちょっと弱いから。なんだかんだでなかなか元に戻らないの」

「おや、そうかい。ゆるくないもんだねえ、そらあ」

うつむいてもじもじする進一は、けっきょく紙コップの紅茶を口にしただけだった。俊介もアイスクリームは遠慮したまま、まもなく辞することにした。


捜査本部に戻って、俊介は山背警部補に電話をかけた。渡会進一が室蘭へ行ったおもな目的は、嶋岡円佳が亡くなった現場に花を手向けることだったようだ。そのついでに、母親の紗栄子に頼まれて、長年の友人である糸川静代を訪問した。進一は静代の息子豊とは知り合いではないらしく、当日も顔を合わせてない、と言っている。豊が当日帰ってきたとすれば、すれ違いになってまたどこかへ行ったのではないか。あるいは母親の客のためにわざわざ顔を出さなかっただけかもしれない。

「いやあ、したら、カラ振りだったみたいですね」と山背は力を落とした声で言った。豊はもう札幌に帰ってて会えなかったんですけど、三月二十三日のアリバイは、静代が説明してくれました。当日はたまたま静代が札幌市白石《しろいし》区の豊のアパートに行って、掃除だの洗濯だのをした日で、日帰りするつもりだったのに豊が熱っぽいというので、薬だの冷えピタだのを買ってきて看病していたので、けっきょく豊の部屋に泊まってしまった。あんなにゆっくり二人でしゃべったのは久しぶりだった、ということでした。あの子には父親がいないので小さいときから苦労をかけて、悪く言う人もいるし実際優等生ではないけれど、本当に親思いのいい子で、なんとか幸せになってもらいたいと、そればかり毎日願っている。そんな話を静代はしてました。夜の八時ごろ、元気が出たらしくうどんが食べたいというので、いつも出前取ってるそば店を教えてもらって、そこに電話かけて鍋焼きうどん二つ注文した。出前に来た店員は豊の知り合いらしく、自分は母親だと挨拶して、きょうは豊、熱出して奥で寝てるんですよ、と言ったら、それはどうも、お大事に、と言って帰っていったと、そんな話でした。

山背によれば、渡会親子についての静代の記憶も、函館側から聞いた話と符合していた。函館の渡会さんのご夫婦とあれ以来、年賀状のやりとりをしてきたから、火事のときには思わず電話をかけたりもしたが、もう何年もお会いしてないので、刑事さんからお元気そうだとうかがって安堵したところだ。こないだは息子さんの進一さんに、ついでがあるからというのでわざわざ訪ねてきてもらって、こんなアパートなのでもてなしもできなくて申し訳なかった。せめて奥さんに食べてもらいたいと思って、ウズラのプリンとキンキの干物を用意して、進一さんに無理やり持たせた。そう、あの日豊はちょっと顔見せに寄ってくれたけど、友達と約束あるとかって、すぐまた出ていった。

そんなわけで、静代と豊の親子は事件とは無関係と判断せざるをえない。忙しいところ、どうもすみませんでした、と山背は俊介にさんざん謝った。

「ところで、その渡会進一の母親、私もいっぺんだけ会わしてもらいました、大した別嬪《べっぴん》さんで」

「はい」

「その母親、紗栄子、ちゅう名前なんですか？」

「そうですが」

俊介はどういう字を書くのか訊かれて説明した。

「生まれは昭和でしょうな。昭和何年ですかな」

「ええと」と俊介はスマホを指で動かして、

「一九八一年生まれだから、昭和五十六年ですね。紗栄子がどうかしましたか？」

「いや、ちょっと前に調べてた事件に、サエコちゅう名前の女が関係してるかもしれない、って話あるんだけど、ま、またカラ振りになったら大変だから、こっちでもうすこし調べてみますわ」と言って山背は弱々しく笑った。

「なにか追加で調べることありますか」

「いやいや、こっちで調べるのが先決問題ですから」

「そう言えば、紗栄子は夫と子どもと一緒に、十五年前に室蘭へ行ったと言ってましたよ。糸川静代と初対面したときの旅行です」と、俊介は力になりたくて言ってみたが、

「十五年前というと、二〇〇七年、平成十九年ですものね。私が調べてるのは、それよりもっと前なんですわ。平成十二年ちゅうと、ちょうど二〇〇〇年、紗栄子は十九ですか。ちなみに、紗栄子が結婚したのはいつですか」

「ええと、紗栄子が陽二郎と結婚したのは二〇〇二年ですね。その二年前なら、弟の喜三郎と交際してた可能性がありますよ。喜三郎が京都へ行ったのは、二〇〇〇年の秋ごろですから」

「ははあ、そうですか。あの喜三郎ね。いや、どうもどうも、気にせんでください。またお願

いすることができたら、電話でもメールでもさしてもらいますので」

ということで電話は切れた。

俊介は二〇〇〇年の室蘭の未解決事件を調べてみようかとも思ったが、山背がそれを喜ぶかどうかわからないのでやめておいた。

14

四月二十三日になると、渡会家の新居が完成して、紗栄子と進一がさっそく引っ越したと聞いた。二十五日に行ってみると、前よりだいぶ小ぢんまりした鉄筋二階建て、窓の多い白い家が俊介を迎えた。嫌な思い出が残らないように、自分の好みで建てつけを変えたと紗栄子は言っていた。奥の庭は広く取られ、早くも土を掘り返して花壇の造成がはじまっていた。花だけではなく野菜も育てるのだと紗栄子は言った。

進一は私立高校への通学に満足していた。周囲が腫れものに触るように扱うので、今のところ誰とでもそつなくやっている。小布施拓海や森下輝龍ともあらためて友達になれそうだが、いちばんウマが合いそうなのは、バイクに乗って通学する連中だと進一は言った。自分もバイクの免許を取ることに決め、簡単に取れると思って先に友人たちに勧められた原付を母親に買ってもらったが、交通標識などがなかなか覚えられず、実際に乗れるのはだいぶ先の話になってしまった、と笑っていた。今度の家には駐車場スペースがなく、家の脇のひさしを利用して黒いカバーをかけた五〇ｃｃバイクが壁ぎわに停まっていた。ちょうど倉庫の前、火事のときに進一が発見されたあたりだった。

このところ、夜になるともう仕事はなく、本部の机にじっと座り込んで、自分がスマホに残してきた捜査の記録を点検することが多くなった。一月の渡会宅放火殺人事件では、一方で進一の同級生である小布施拓海の行方不明、他方で進一が一命を取りとめた朗報に影響されて、地に足がついた捜査が進められなかった後悔が残る。

判明している範囲で、渡会家をめぐるトラブルは、小樽のワイン会社との提携に関する対立がおもなもので、陽二郎社長の死後提携の歩調は速まり、今や全道規模のワイン協議会の設立が目指されている。この件は生前の陽二郎社長の承諾を得て動き出したのだと、阿藤邦彦現社長も、「小樽ワイン」の社員北都留奈々子も言っているが、陽二郎の死が展開を加速したことは否定できないとなると、提携推進派の阿藤新社長、阿藤と親しい喜三郎副社長、連携する相手方の北都留奈々子、加えるなら奈々子の弟・北都留飯男と、陽二郎社長に退職させられた小布施茂雄にも、あらためて注意を向けなければならないだろうか。

このうち出火と通報の直前の時間帯、一月二十日午後七時半から八時のアリバイがはっきりしないのは奈々子一人である。ただし奈々子は陽二郎と挨拶する程度の関係だったようだから、自宅を訪ねて上がり込み、コーヒーに睡眠薬を入れるチャンスがあったとまでは考えにくい。じつはもっと親密だったのだろうか。あるいは誰かと共同謀議、連携プレーがあったのだろうか。

喜三郎は五時から六時まで渡会宅を訪れていたから、社長父子《ふし》を眠らせることができたかもしれない。その後奈々子がこっそり訪ねていって火を放ったものか。

ただし喜三郎にとって社長父子は実兄と甥である。途中入社で会社経営にさほど興味を持たないように見え、現に新社長就任も固辞した喜三郎が、会社のために肉親を葬り去るような悪事をたくらむものだろうか。阿藤、あるいは奈々子にそそのかされたのだろうか。

阿藤は当日会社を出てから、十分か十五分程度なら渡会宅に立ち寄る時間があった。そのあいだに社長父子を眠らせることはできただろうか。それができればただちに奈々子に電話を入れて、放火の計画を実行に移すことも可能だったかもしれない。

奈々子はそんなことをしそうな女には見えないが、秘密の事情があって小樽から特別な指令を受けていたのだろうか。ただし奈々子の実家である小樽のレストランが、ワイン会社から大きな借金を背負っていた、というような事情は浮かんできていない。

喜三郎または阿藤が、奈々子の力を借りずに放火を実行するためには、一時間から二時間後に作動するような発火装置の工夫が必要だろうが、それらは現場から発見されていない。痕跡の残らない発火装置などというものがあるのだろうか。それとも奈々子以外の誰かをひそかに言いくるめて放火に向かわせたということか。だが北都留飯男、それに小布施茂雄にはアリバイがある。

小布施茂雄の息子、拓海は姿をくらましたので丹念な捜査をしたが、進一とのいさかいの原因は要するに、川野マリアの援助交際グループ参加の可否だから、放火殺人の動機としてどうも弱そうだ。拓海が父親の遺恨を晴らすことに加担したとも思えないし、いちおうアリバイも成立している。ほかに誰かいるのだろうか。

そうこうするうちに嶋岡円佳が室蘭で殺害された。こちらは動機が不明なままに、親しかった渡会進一、横恋慕していたらしい小布施拓海、北都留飯男、さらには室蘭の大学生・菅野大翔や、渡会紗栄子の室蘭の友人・糸川静代まで、アリバイを念のために調べたが、全員がシロという結果だった。

強い疑いを向けられたのは、持ち物であるカシミアのセーターの繊維が円佳の爪から見つかった喜三郎だった。室蘭南署では当然喜三郎を問いただしたが、どうやらアリバイが成立する見通しだ。小樽から苫小牧・室蘭を経由しての帰路なので、犯行時間と犯行現場からわずかに外れているだけなのだが、そのわずかの壁が立ちふさがって、喜三郎のアリバイは崩せないようだ。今後崩せる見通しはあるのだろうか。

渡会の火事のときには行方をくらました小布施拓海、円佳のときにはセーターの持ち主である渡会喜三郎と、当面有力な容疑者候補が目の前のニンジンのようにぶらさがっていたので、捜査は単純な坂道のように思えたが、それがかえってよくなかった。実際には坂道は、それこそ地球岬に向かう道のように、うねりながらの急勾配だった。おれたちは岬にたどり着けるのだろうか。

円佳殺害がもし喜三郎の犯行でないのなら、別にいる真犯人が、喜三郎に疑いを向けるためにわざとセーターの毛を円佳の爪に残しておいたものだろう。それは喜三郎の周辺にいて、喜三郎に恨みを抱く誰かなのだろうか。喜三郎を嫌うそぶりを隠さない者として渡会紗栄子がいるが、恨んでいるとまで言えるのだろうか。まさか紗栄子が円佳を殺すはずもないし、紗栄子と喜三郎の本当の仲はまだよくわからない。そのほか喜三郎に最近になって捨てられた女がいるのだろうか。最近は北都留奈々子と親しかったようだが、奈々子が捨てられそうになって激《げき》昂《こう》したのか。だがその場合、喜三郎の新しい相手は円佳だったというのだろうか。

そもそも渡会家の事件と円佳殺しは、なにか関係があるのだろうか。陽二郎への遺恨と、円佳、喜三郎への遺恨。もしも両者がどこかで繋がっているとしたら、自分たちはとんでもない見落としをしてきたことになる。どこだ。どこにそんな落とし穴があるというのだ……。

そんなことをもやもやと考え、思いついて一日か二日調べてみては落胆する。そんなことの繰り返しになってきた。

独身の敦賀につきあって、一杯飲みながらサカナをつついて帰る日も多くなった。

すぐ帰宅する気になれなかった理由のひとつは、早い時間だと娘の清弥子がまだ起きていて、清弥子の前で明るく、少なくとも普通にふるまわなければならないのが辛かったからだ。

帰って清弥子が寝ていると、ホッとしてリヴィングの椅子にへたり込む。多少酔っていてもいなくても、スマホを出してメモを見る。考える。だがなにも浮かばない。

清弥子はときどきジャン・ピエールと文通している。フランスの宛て先は智子が書いている。清弥子は身の回りで起きたことを書き、ジャン・ピエールもエコール・ノルマルの静かな生活を知らせてよこす。刑事や探偵のようなことは、していないらしい。そんな文通の様子を清弥子から聞かされるのも辛かった。

清弥子はフランス語の勉強をしたいと言って智子を困らせている。これから英語が必修になるのに、それより前にフランス語を齧《かじ》っても邪魔になるだけだと智子は言う。

邪魔にはならないしょう。フランスとイギリスなんて目と鼻の先なんだから、北海道と内地ぐらいのものだから、コトバだってそんなに違わないんでないの、と言うと、それが全然違うらしいんだわ。担任の清水《しみず》先生に相談したら、教えてくれたの。「すてきな椅子に座って」って英語で書いてフランス人に見せたら、「人は細かい肉切れを持つ」とかって意味になるんだって、と智子は笑い、だが冗談ではなく本当なんだということを示すためにすぐ真顔に戻った。

俊介は捜査のメモをできるだけ詳しくスマホに残してきた。それをフランスに送って、ジャン・ピエールから智恵を借りることはできるだろうか？　……いやいや、新生活に張り切っているかれに、そこまで望むことは許されない。おれたちにとって、かれはもういないのだ。消えたのだ。あくまでも自分たちががんばらないとだめなんだ。

その同じ結論に、もう一か月以上、毎晩たどり着いているような気がする。

第三章　函館桔梗町の事件

1

四月三十日、連休を迎え、桜も咲いて街のにぎわう日、すべての舞台装置をガラガラと転換させて最終場面を現出するかのような事件が起こった。渡会喜三郎と故陽二郎の妻・紗栄子が、一酸化炭素中毒で死亡したのだ。

現場は七飯からも近い市内桔梗町、喜三郎の自宅マンションの一室だった。発見者は北都留奈々子、朝八時に喜三郎を迎えに行き、二人でニセコ町《ちょう》周辺のワイナリーを三か所回って、北海道ワイン協議会に参加を求める予定になっていた。当面は「登録熟成　北ワイン」という統一シールを作り、協議会が認定する高級品に貼って販売する、という方針が小樽や十勝の各社のあいだで合意されていた。

奈々子は自分の車の中で喜三郎を待っていたが、八時十五分を過ぎても出てこないので、珍しく寝坊したかと思って車を降りた。マンションのエレベーターを昇って部屋へ行き、チャイムを押したが応答はなかった。この部屋には何度も来た経験があり、合い鍵も預かっている。ドアを開けて中に入ると、肺が痛むような感覚を覚えた。声をかけながら、リヴィングを通って奥の和室のふすまを開けると、喜三郎と紗栄子が座卓をはさんで差し向かいで倒れていた。座卓には七輪が乗っていたので、すぐに一酸化炭素中毒だと見当をつけ、息を止め、必死に感情を押し殺して二人の脇を通ってベランダに面したサッシ窓まで行って全開に開け放ち、外に出た。ベランダで文字通り一息ついてから一一九番に通報した。通報は八時二十二分だった。

それからふたたび息を止め、玄関までダッシュして外廊下に戻ると、玄関ドアに背中をもたせ、しゃがみ込んで奈々子は救急車を待った。涙があふれた。抱き起こして介抱するべきだったかもしれないと後悔しかけたが、どう介抱すればいいのかわからないし、あれ以上あそこにいたら自分も危なかっただろうと考えて自分を慰めていた。

駆けつけた救急隊員に奈々子は事情を説明した。ベランダのガラス戸を開けたのは自分だが、それ以外は家の中のものに手を触れていないと言った。二人ともすでに死亡していたので、救急隊員は警察に連絡しただけでそのまま帰って行った。

まもなく中央署の刑事たちが鑑識係をともなって到着した。焼き肉をしていた和室で、七輪と灯油ストーブの両方から一酸化炭素が発生したと思われる。部屋は閉め切られ、ふすまを隔てた隣りの寝室やキッチンも窓は閉められて換気扇も動いていなかったから、通気の状況は最悪だった。

監察医によれば、死亡時刻には多少のずれがあって、喜三郎は昨夜十一時前後、紗栄子は午前三時前後と推定された。座卓には食事が終わりかけた大皿、小皿とビール瓶やコップが並び、喜三郎は食べながら横になったようで、座卓の下に脚を伸ばしてやや横向きに倒れていた。紗栄子は一度立ち上がりかけたのか、座卓から離れたふすまの前にあおむけになっていた。

喜三郎はパジャマの上にガウンを着ていた。紗栄子は紫のセーターにスカート姿だったが、口紅以外の化粧はしていなかった。ふすまを開けた隣りの部屋のベッドには使った形跡がある。二人は性交渉のあとシャワーを浴びてから、紗栄子が口紅だけつけて食事をはじめたのだろう。

一見して事故事案だと思われたが、被害者について報告を受け、渡会事件の捜査員たちも繰り出してきた。俊介も山形もやってきた。喜三郎と紗栄子のあいだに肉体関係があったことに、一同はショックを受けていた。日ごろ紗栄子は、喜三郎を遠ざけていたのではなかったのか。俊介もほかの刑事たちも、紗栄子が喜三郎を毛嫌いするような場面を目撃した記憶がある。しかも喜三郎は、この間さまざまな女たちと交際し、現に今も北都留奈々子と親しくしているのではなかったか。

鑑識係が紗栄子の手の爪を詳しく見ているので、どうしたのか訊いてみると、短い毛のようなものが、右手の人差し指と中指の爪にはさまっているという。左手の爪はきれいなままだ。衣服の繊維かと思ったが、毛の色は薄いベージュで、喜三郎の着ている黒いガウンとも、紗栄子自身の紫系のセーターとも色が合わない。

円佳の爪に残されたカシミアの毛を思い出して、面倒なことにならなければいいが、と俊介は思ったが、隣室を見ると、まさに薄いベージュのカーペットが敷かれている。これだろう、ということになり、俊介はカーペットに手をついて目をこらした。するとベッドとベランダへ出るガラス戸とのあいだ、幅一メートルほどの細長スペースの中ほどあたりに、かすかな筋状のケバ立ちが見つかった。筋は二本で紗栄子の指の間隔に近く、長さも十センチ足らずだ。鑑識係に見せると、それですね、と言ってうなずき、写真係を呼んで念入りに撮影させた。落ちたものでも拾ったんでないかな、と俊介が言うと、そう、下着とかね、と鑑識係は言って、卑猥な想像を楽しむ様子だった。それから近くのカーペットのケバを採取した。

2

電話をかけ、母親の一酸化炭素中毒死を知らせると、進一は絶句してから、本当ですか？　もう助からないんですか？　と質問して、あとはなにもまともに話さなくなった。新居にいると進一は言ったが、脇から女の声が聞こえたので、問いただすと川野マリアだと答えた。進一の幼馴染み、火事の直前に援助交際の件で進一があえて忠告を試みた女子高生だ。俊介はすぐそちらに行くと伝え、慶太郎伯父への連絡が必要だと思うが、こちらからやっておこうかと言うと、お願いします、とだけ言って電話を切った。

俊介が新居に着いたときには、マリアは帰ったあとだった。進一はパジャマ姿だったので、着替えるのを待ち、黒のズボンに墨色のあたたかそうなセーター姿で進一が現れると、さっそくパトカーに乗せて、母親と叔父の遺体を確認するために中央署へ向かった。

車の中で、それから遺体確認後は署の控え室で、俊介は進一の話を聞いた。

二日前にコンビニで川野マリアと偶然会い、自分の記憶喪失のことを話すと、マリアはそのことを知っていて、火事のちょっと前、援助交際をやめろってあたしにうるさく言ったことも覚えてない？　と訊かれた。その話はあとで聞いたけど、自分としては覚えてない、それ以上に、小さいころからのことをなにも覚えてないので、よかったら一回、ゆっくり話をしてくれないかな、とマリアを誘った。

待ち合わせた昨夜、自転車の二人乗りでとんかつ屋に行って、帰りがけに、きょうお母さんいないから、ちょっとぼくの部屋に寄ってく？　と誘うと、いいよ、と気軽に答えてついてきたので、部屋でワインを飲みながらしゃべったり、ＯＫなムードになったのでベッドに入ったりして、十二時ごろ一緒に寝てしまった。ほとんど同時に目を覚ましたのが八時で、まだベッドにいるところへ俊介から電話がかかったという。

俊介が尋ねたいのはそれより前だった。ゆうべお母さんが帰らないってことは、最初からわかってたの？

人と会うから遅くなるかもしれない、とお母さんは言っていた、と進一は話した。自分が退院してから、そういうことは二、三度あったし、朝まで帰らないことも一度あったから、帰りが遅いのを心配していたわけではなかった。

会う相手は喜三郎叔父さんかもしれないと、なんとなく見当がついていた。帰りはたいていタクシーだったが、一度深夜に喜三郎叔父さんの車で送ってもらったことがあるからだ。そのときはたまたま二階の窓から、叔父さんのベンツが戻っていくのが見えた。それにこちらへ越してから、階下へ下りていくと叔父さんが来ていて、二人が急に身体を離す素振りをするのを目撃したこともある。

お母さんも自分もなにも言わなかったが、自分としては二人が深い関係にあるのかと推測しはじめていた。ふだん人前で叔父さんの話が出ると、お母さんは不快そうな顔をするので、最初は自分も驚いたが、それは二人の関係を他人に知られたくないためのカモフラージュなのかもしれない、とも思うようになった。

それ以上のことは自分にはわからない。二人の親密な関係がいつ始まったのか、お父さんが生きていた火事の前から続いていたのか、わからないし、例によってなにも思い出せないから、余計なことは言わないようにしてきた。それにしても、お母さんに対して自分がどう反応したらいいのか、なにか質問したほうがいいのか、わからないまま今日になってしまった……。

話しながら、ときおり進一は膝の上に両肘をついて自分の頭を支える仕草をした。どうしたらいいんでしょう。まだなにも思い出せてないのに。みんな親切にしてくれるから、なんとか新しい生活が始まったけど、それだって手はずを整えてくれたからできたようなもので……。

川野マリアが進一と一晩過ごした事情についても、俊介は突っ込んで尋ねた。マリアが小布施拓海とつきあってきたことは、私立高校へ通いはじめてから聞いて知っていたが、最近仲たがいをしたらしい。どうやら拓海が上杉瑠菜と急に親しくなって、マリアとは別れると言い出したらしい。え、瑠菜は北都留飯男の恋人を志願してたんでなかったっけ、と俊介が思わず言うと、それは瑠菜が居場所を見つけるための作戦で、飯男の留守に飯男の部屋で拓海と瑠菜が二人で過ごすこともあって、その結果よりを戻して、今では結婚まで考えるようになったらしい、というのがマリアの説明だった。自分のほうは、嶋岡円佳が急にいなくなったのでさびしい気持ちもあって、円佳の思い出話をした。それでマリアは同情してくれたのかもしれないし、拓海を失った気持ちの埋め合わせもしたかったのかもしれない、と進一は語った。

あの、マリアから聞いた話があるんですけど、今話してもいいですか？　と進一はつけ加えて言った。

いいよ、なんだい?

火事の次の日に、出火の時刻ごろ拓海が渡会のほうへ行くのを見た、っていうタレコミの電話が一一〇番にかかったらしいんですけど。

ああ、あったよ。

あれ、拓海に頼まれて、マリアがかけたらしいんです。

拓海に頼まれて? なんでそんなことしたの?

拓海はアリバイがあるから、絶対だいじょうぶなんだけど、一時的に放火の容疑を自分に向けたほうが有利だと考えたっていうんですよね。

だから、なんで?

あの日、火事の直後に空き巣みたいなのがありましたよね。マリアの家で。それの犯人が拓海なんです。十時すぎに拓海からマリアに電話があって、まだ家に帰り着いてないって言うと、それならちょっと外で会おうってなって、タコ公園とかってところで会ったそうです。そしたら拓海が、現金の入った封筒を出して、川野の親父さんのカバンから、ひょこっと抜き出したんだって言って、黙ってようかと思ったけど、おまえんちだから一応言っとくから、って、金をいくらか分けてよこして、これやるから黙っとけよ、このドサクサだもの、わかるわけねえで、って言って、拓海は帰って行きました。あとで見たら、十七万あったそうです。進一は力を振り絞るようにゆっくりと話した。

そうだったの。それで、通報の件は?

はい、その日の夜中に拓海からまた電話かかってきて、おまえ、おれが七時すぎに渡会の家のほうさ行くのを見た、って、明日警察に電話してくれ。公衆電話からかけたほうがいいな。それだけ言ったら、電話切っちまってかまわない。おれはちゃんとアリバイがあるからだいじょうぶなんだ。だけど、しばらくのあいだ、おれを犯人だと思わせておいたほうがいいんだ。放火の犯人なら、そのあとまで近所をうろうろして、空き巣に入ったりするわけないから、おれが放火の犯人だと思わせてるあいだは、空き巣のほうは疑われないで済むんだよ。おれ、せっかく大金入ったから、行かれないと思って諦めてた東京のコンサートに行ってくるわ、って言ったそうです。それでマリアは次の日に電話をしたんだと言ってました。

そうだったのか。拓海の作戦は、援助交際グループの件を伏せておくことだけが目的ではなかったわけだ。もっと個人的な自分の犯行から、警察の目をそらそうとしていたのだ。だから仲間たちにも、放火犯人として自分が疑われるように話をしてかまわないと、おそらく打ち合わせておいたのだ。森下輝龍たちの発言は、そういう意向を踏まえていたのだろう。俊介は怒るより先に、感心させられる気分だった。

進一を待たせておいて、近くの部屋にいる山形を呼んだ。山形はにやにや笑いながら俊介の説明を聞いた。

で、なしてマリアはその話あんたにしたの？　と山形は進一に尋ねた。

拓海に振られて、アタマにきてたからでないですか。あたしんちから金盗んで、あそこまで庇ってやったのに、って怒ってましたから。そもそも両親に最初に疑われたのはマリアなんだとかって。

きみがこの話を警察にするのは、マリアも諒解済み？

はい、いちおう諒解済みです。おれ、悪いことはしない主義だから、今聞いたそのことも、警察に言いたくなっちゃうな。マリアは自分の家の金を盗んだわけだから、罪になるかどうかわからないけど、拓海がしたことは犯罪だからな、って言ったら、好きにしなよ、あいつ調子に乗ってるから、すこし痛い目見たほうがいいんだよ、って。

山形は納得した顔でうなずいていた。疲れているとこ、よく話してくれたね、と山形は進一をねぎらった。

俊介は進一が「ぼく」ではなく「おれ」というのをはじめて聞いた気がした。疲れて混乱しているのか、私立高校の新しい仲間の言葉遣いが伝染したのだろうか。

慶太郎がまもなく中央署にやってきて、二遺体を確認してから進一に付き添った。安心したのか、進一はぐったりと慶太郎にもたれ、ほとんど声を立てず、うつむいたままハンカチで目元を押さえつづけた。ごま塩の顎ヒゲをグレーのマスクからはみ出させた慶太郎は、進一の背中をさするように、しばらくうちへ来い、と誘って慰めていた。

俊介は生活安全課に連絡して川野家の窃盗事件の真相を伝えた。拓海に会ったらどやしつけてやろうかと思ったが、そういう気力も湧いてこないのは、あれから円佳、喜三郎、紗栄子と三人も生命を落としているからだ。援助交際や空き巣狙いは、俊介たちが今立っている場所から見ると大きな濁流の向こう岸の出来事のように思われた。

3

進一以上に憔悴《しょうすい》していたのは北都留奈々子だった。二遺体を発見したショックが収まらないのか、喜三郎の急死に動揺したのか、喜三郎が紗栄子と親しかったと知って愕然《がくぜん》としたのか、自分でもわからなかったのだろう。

ゆうべ七時半に電話をして、今朝の待ち合わせを確認した、と奈々子は言った。そのとき自宅にいると言ったから、すでに紗栄子と一緒にいたのだろう。紗栄子の前で奈々子と電話しても平気だった、紗栄子とはそういう特別な関係だったのだ。奈々子の供述を聞いていると俊介にもそんなふうに思えたし、奈々子もそう想像していることは見てとれた。花柄のつば広帽子をかぶっていたが、急にそれを脱いで折りたたんだ。

自分と会うのをためらうそぶりはなかったが、会うと決めた日以外に、急に気が向いて訪ねてくるということがない人だった、と奈々子は語った。自分もなんとなく、そんなことをしないでいた。電話したとき、たがいに家に帰ってこれから夕食だということがわかっても、じゃあ一緒に食べようか、と言い出さないのが喜三郎の常だったし、ゆうべもそうだったから自分は特に不思議に思わなかった。いつのまにか思わなくなっていたのだ、と奈々子は帽子を握りしめてつけ加えた。

では結婚のことなどは、話に出なかったんですか、と俊介が尋ねると、奈々子は髪を揺らして何度も首を振った。

喜三郎が結婚に言及したことは一度もなかった。ただ、小樽で自分の両親に挨拶したとき、にこやかにふるまって、そろそろ、などと両親が早合点しても相槌《あいづち》を打つだけだったので、近い将来結婚してもいい、ぐらいには考えていたのだろう。きょう予定していた出張も、時間が余れば小樽に寄ろうか、と言ってくれていた。

紗栄子夫人は陽二郎社長の遺志を継いでか、「北海道ワイン協議会」の発展に反対してたようだけど、その点は心配してなかったの？　と俊介は尋ねた。

「そうですね。……だいじょうぶだろう。阿藤新社長が社内をまとめてくれるし……そう言ってました」と奈々子は答えた。それから手を動かして現在の状況を指し示しながら、

「こういう関係があったなら、二人のあいだで、もう話はついてたのかもわかりませんけどね」

「もうひとつ、前にもうかがったけど、お父さんの康男さんは、七飯の北都留の土地を奪った渡会の人間に、いい顔をしないのかと思ってましたが、そういうわけでもなかったんですね？」

「……はい。こそこそ陰でつきあうなら許さねえと思ってもいたけど、こうやって堂々と挨拶に来られたら、昔を蒸し返すわけにもいかないべさ、と、父はそう言ってました。キサさんも」と言ってから奈々子は我に返って、

「二人でいるときはキサさんと呼んでたものですから」と詫びるように言うと、急に涙をあふれさせた。俊介は黙ってしばらく待っていた。

「……喜三郎さんも、昔なにか失礼があったような話は聞いてますけど、ぼくはなにしろ、会

社のことには興味ありませんでしたので、と言って、どうも申し訳ありません。これからすこしでもお返しできれば、と言ってくれましたので……やっぱりそれは、結婚の意味なのだろうと、両親も私も、解釈してたんです」奈々子はこみあげるのにかまわず話した。

それはそう解釈するほかないだろうと俊介も思った。喜三郎が口からでまかせを言うタイプとも思えなかった。また、奈々子が陰で謀略をくわだてる女かもしれないという嫌疑を、今となってははっきり捨てるほかないと俊介は思い知らされた。

喜三郎は、ぎりぎりまでほかの女との交際を楽しむつもりだったのだろうか、と奈々子の自省はつづいた。そういう性分には見えなかったし、よりによって夫を亡くしたばかりの兄嫁が相手とは……。

喜三郎の女性関係が多彩だったとは、噂で聞くこともあったが、自分とつきあいはじめてからは、やめてくれたと思っていた。阿藤新社長の口ぶりも同様で、あんたが現れてから、副社長はすっかりおとなしくなったんでないの、と言っていた。そういうことについて、自分は喜三郎になにも訊かなかったし、喜三郎もなにも言わなかった。要するに、若者の恋愛ではないのだから、無理なくおたがいのペースでふるまって、それが自然に続けばいい、という気持ちだった。少なくとも自分はそう解釈していた。

だから紗栄子との関係が、どんなかたちでどれくらいの期間つづいていたのか、自分は知らないし、知りたいとも思わない。その関係は、過去の女たちと同様に、一時的なものだという気はするが、自分がそう思いたがっているだけなのかもしれない……。

俊介が奈々子の話を聞いているあいだに、捜査本部では喜三郎と紗栄子の関係を確かめるために、函館から七飯にかけてのタクシー会社全社に問い合わせて、過去に桔梗町の喜三郎宅周辺から七飯町鳴川まで、深夜などに女性客を送り届けた車を捜索した。すると意外なほど多くの反応が返ってきた。コロナの前の時期に紗栄子を自宅まで送った運転手が二人いたし、十年ぐらい前にそのルートで送ったことがある、と言う運転手もいた。ツンツンして、話しかけても返事もしない女だったから、なんとなく覚えてるさ、とその運転手は言った。喜三郎が京都でのカメラマン修業を諦めて故郷に返ってきたのが十四年前、二〇〇八年だから、再開された函館生活の大部分にわたって、喜三郎は他方で派手な女性関係を繰り広げながら、紗栄子との仲を深めていたのだろうか。

中には面白いエピソードを披露する運転手もいた。桔梗町のマンション前で迎車して乗せた女性客が、サングラスはしていたがコロナの前だからマスクはつけてなくて、見覚えのある渡会の奥さんだとわかったので、「七飯まで」と言われた返事に、「わかってますよ。渡会さんしょう?」と気をきかせて言ってやると、「違います」と急に機嫌を悪くして、鳴川を通り過ぎて市役所の前まで走らせてぷんぷんしながら降りていった。だけどあれは渡会の奥さんに間違いはなかったから、あとは家まで歩いて帰ったんだべかね。夜中の道を、二十分ぐらいかかったんでないの。よっぽど他人に知られたくないところさ行った帰りなんだべと思ってね。さっそく運転手仲間で、いい笑い話さ。あんまりお客さんの話したらダメなんだけどさ。運転手は窓に肘をかけてそう話したという。

紗栄子を桔梗から七飯に送ったことがある運転手は、全部で六人見つかった。すでに退職した運転手もいるだろうし、喜三郎が自分の車で送った場合も多かっただろうから、この結果は自然だ。それにしても、二人の関係はもう十年、あるいはそれ以上続いてきたのだろうか。

喜三郎のマンションの住人からも、同様な推測をもたらす証言がちらほらと出た。喜三郎の部屋にやってくる女は奈々子のほかにもいたというのだ。サングラスと最近はマスクもつけて顔ははっきりしないが、目撃者の記憶に残る小柄ながら脚の長い人目を惹く体型はいかにも紗栄子を思わせた。

紗栄子との不倫を前提にして考えれば、逆に結婚を視野に入れた北都留奈々子との交際ぶりが、俊介には理解できなかった。喜三郎はどういうつもりだったのか。とりあえず、タクシー運転手たちの話を奈々子に聞かせるのはやめておくほかなかった。

4

奈々子に同行を求めて、俊介と山形は午後から喜三郎の部屋をふたたび訪れた。この部屋に馴染んでいる奈々子の目で、部屋の変化や見覚えのないものに目を留めてもらうことが目的だった。数人の鑑識係がまだ作業をつづけていた。

座卓の上の七輪に、まず奈々子は見覚えがなかったが、これは品物の底に桔梗町のホームセンターのシールが貼ってあったので、すぐに調べがついた。去年の暮れに喜三郎が練炭半ダースと一緒に購入したものである。店員は喜三郎を見覚えていたうえ、冬なのに蚊取り線香を一緒に買ったので記憶に残っていた。七輪にはすでに何度か使用した形跡もあった。奈々子には覚えがなかったから、もっぱら紗栄子と焼き肉を楽しんだのだろうか。ふだんは台所のシンクの下に収納されていたらしく、奈々子は収納庫の扉を開けて中を覗《のぞ》いたことはないと言った。蚊取り線香も同じところにあった。こちらも開封され、いくつかの輪に折れたかけらも箱の中に入っていた。

座卓に出された食器やグラスなどは旧知の品だった。倒れた紗栄子のそばに置かれた漆塗《うるし》りのトレイにも、清楚な花模様の湯飲み茶碗にも覚えがあったが、茶碗の横に立ったステンレスの携帯用ボトルは見たことがなく、おそらく紗栄子が持ち込んだものだろう。進一に尋ねるために、俊介は自分のスマホでそのボトルの写真を撮った。鑑識係に尋ねると、茶碗もボトルも洗ってあり、わずかな水道水が検出されただけだということだった。

奈々子は寝室の、前夜喜三郎が紗栄子と横たわったとおぼしいベッドの周辺については特に発言しなかったが、変わったものに気づいたとは言わなかった。ベランダに面した寝室のガラス戸が今は開け放たれている。

遺体発見の時点で、すべてのガラス戸や窓が閉ざされ、玄関のドアにも鍵がかかっていたことはすでに確かめられていた。この密閉空間に一酸化炭素が充満して酸素不足におちいったことは容易に考えられた。

ベッドの脇へ行った山形が腰を折って、開けたガラス戸のサッシを見ていると思ったら、俊介に指を差して見ろと示した。サッシの縦桟の下方、床から十センチか十五センチの部分に小さな赤い汚れがついている。開閉のときに手を触れる部分よりだいぶ下だ。俊介もそこへ顔を近づけた。戸を閉めると汚れは半分ぐらい縦枠に隠れた。

「血でないね。口紅かな」と俊介は言った。紗栄子の死に顔にあった口紅の赤さを思い出していた。

山形が鑑識係を呼んでその赤い汚れを採取させた。口紅ですかね、と鑑識係は言いながら作業にかかった。気がつくと山形も俊介も、ベッドとガラス窓のあいだを通ろうとして、朝発見したカーペットの上の爪跡を踏みつけ、もう跡はほとんどなくなっていた。写真をたくさん撮ったのでいいだろう。

ガラス戸は大きなベッドの端から一メートルほど離れている。山形はにやりと笑って、

「なんか無理なこととして、紗栄子がベッドから転がり落ちて、そこさ口ばぶっつけたってか。口にケガしなかったべか」と言った。

遺体の口許には見たところ異常はなかったし、出血していれば血痕が残っただろう、と鑑識係は答えた。もっともこれは昨夜ではなく、もっと前に付着したのかもしれない。

そのとき別の鑑識係が一番奥の部屋から俊介たちを呼んだ。八畳ほどの窓のない洋室で、家具もなく、人の高さの棚にカメラなどの機材が並んでいるだけだった。大きなジェラルミンのスーツケースもあった。

鑑識係が苦笑まじりに見せてよこしたのは、紗栄子のヌード写真のファイルだった。すべてモノクロームの、A4サイズかそれよりも小さい写真数十枚で、いかがわしいものではなく、むしろ光と影を強調した芸術写真と言うべきコレクションになっている。

はじめは好奇心から眺めていたが、まもなく俊介は被写体である紗栄子の顔や身体が、ページをめくるにつれてすこしずつ痩せて若返っていくことに気づいた。最後の一枚は驚くほど若

く、おそらく二十歳前後で、ソバージュというのか、肩までの髪を細かくカールさせて広げ、その陰に泣き顔を隠すような、やるせない表情の上半身写真で、腕を交叉させて裸の胸を覆っていた。まだ進一も生まれていなかったころではないだろうか。その後の紗栄子の妊娠や出産をうかがわせる写真は一枚もなかった。

背景は同一ではないようだが、暗く処理されているので、どこで撮影されたのかは判然としない。喜三郎は紗栄子の乳房の波打つ曲線に魅了されていたらしく、それを取り入れた写真が多かった。

モデルの紗栄子はたいてい、恥ずかしそう、というより悲しそうに目を伏せていた。笑顔の写真は一枚もなく、紗栄子はいわばこの世の悲しみに耐えるグラマラスな観音菩薩のように見えた。それが喜三郎の注文だったのだろうか。

俊介はこれらの写真の芸術的価値について判断できなかったが、ヌード写真を撮らせるほどの親密さが、二人のあいだに十年以上続いてきたことは確実だった。喜三郎はカメラマンとしてのエネルギーの残り火を、紗栄子に集中して解き放っていたのだろうか。これらの成果の一部はどこかに発表されたのだろうか。

後ろからついてきた奈々子にこの写真集を見せることに、俊介には抵抗があったが、山形は奈々子を手招きしてすぐに見せ、驚いて固まった奈々子の代わりにゆっくりページをめくってやった。

「こういう写真があることも、わかんなかったかい。なんぼかあるみたいだけど」と山形は尋ねた。

奈々子は首を振る力さえ湧かないようにしばらくじっとしてから、

「……この部屋に入ったこと、ほとんどないんです」と答えた。

「奈々子さんに、こういう写真撮らせてくれって、言ってきたことはありました?」

奈々子はかすれた声でいいえ、と答えた。

実際、こうした写真のファイルはほかには見つからなかった。

「……きれいな人ですものね」と奈々子は言った。それから声もなく、すうっと静かに涙を二筋こぼれさせた。

5

夜になってから解剖報告が出た。死因はともに一酸化炭素中毒、死亡推定時刻は喜三郎がやや早くて前夜午後十時から深夜零時、紗栄子が日付けをまたいで早朝二時から四時。胃の内容物から、二人はともにビールを飲み、焼き肉を食べているうちに中毒におちいったと推定される。また残存する体液などから二人は直前に性交渉を持ったことが明らかである。

ここまではほぼ現場での見立て通りだったが、意外な事実も判明した。二人の体内から睡眠薬が検出されたのだ。座卓の上のビール瓶やコップの飲み残しにも、同じ睡眠薬が溶け込んでいた。一月に焼死した渡会陽二郎の体内から検出されたもの、すなわち紗栄子が処方を受けていた睡眠薬と同一の成分だった。ただし紗栄子の血中アルコール濃度は低く、ビールよりも茶のような飲み物をより多く摂取したと考えられる。その結果眠気に襲われた時刻、ひいては死亡時刻に、三時間程度のずれが生じたのだろう。

「一緒に睡眠薬を飲んでたってことは、心中かい？」

「そだね」

「だからどこも、窓がぴっちり閉まってたわけか」

捜査員たちは首をかしげながら意見を述べた。

「だけど、心中だったら、まず食事終わってから、あらためてするもんでないの」

「んださねえ。食べてる途中で眠くなったから死ぬべ、てなもんでないべさ」

「したから、無理心中なんでないの」

「え、片方が黙って相手に睡眠薬飲ましたのかい」

「つまり、紗栄子かい？」

「そうなるべさ。死んだ時間が四時間くらいあとだもの」

「喜三郎が熟睡するのを見届けてから、窓ぴっちり閉めて、自分も睡眠薬飲んだってわけか」

たしかに、無理心中だと考えると死亡推定時刻のずれは説明しやすいように思われた。だが紗栄子はどうしてそんなことをしなければならなかったのか、動機については誰も見当がつかなかった。

心中にしろ無理心中にしろ、事故でないとすれば捜査が必要になる。喜三郎の部屋からは遺書らしきものが発見されなかったので、とりあえず朝一番に紗栄子の新居を捜索することに決まった。

翌朝、慶太郎が病院を休んで、進一を連れて鳴川の新居へ来てくれた。進一は山形と一緒に二階に上がり、捜索に立ち会うことになった。俊介と慶太郎は階下の応接間に入った。応接間の壁ぎわには半分変色したピアノがあって、火事の記憶をとどめているが、それ以外はすべて新しかった。

喜三郎と紗栄子が心中したかもしれない、という俊介からの報告に、慶太郎は目を見張って驚いた。二人は相当長いあいだ深い関係にあったようなのですが、とさらに言うと、え？　と眉をひそめて、

「つまり……陽二郎がいたころからかい？」

「はい。火事のあと、かれこれ三か月になりますが、そのあいだにも紗栄子さんは、喜三郎さん宅を訪れて、帰りが朝になることもあったそうです」ヌード写真集の件を持ち出せば、もっとはっきりした証拠になるかと思ったが、俊介はあえて口にしなかった。

「……やれやれ、知らなかったな。……で、それが、心中に結びついたってか」

「そこはまだ……」

「したけど、こう言ったらおかしいけど、上の弟はもういないんだからさ。喜三郎と、どしても一緒になりたいんだったら、なればいいんでないの。こんな、早まったことしなくてもさ」

「そうなんですよね。そこいらへんの気持ちや事情、どちらかから聞いたことありませんか」

「いや、なんも。寝耳に水だもの」慶太郎はまさに水をかぶったように額から頭までを大きく撫でた。慶太郎の額は広かったが、頭は顎ヒゲ同様に灰色の髪がもじゃもじゃ伸びている。

「そう言えば、紗栄子さんは最初陽二郎さんでなくて、喜三郎さんのほうと知り合ったと、聞

きましたが」と俊介は言った。

「そんな昔までさかのぼらないとなんないの？」と慶太郎はげんなりして言った。

「そのころからずっと、ということもないでしょうけどね」

「ないしょう、いくらなんでも」と言ってから、慶太郎は急に声をひそめて、

「ちなみに、進一が陽二郎と紗栄子の子だっちゅうことは、おれが保証するからね。紗栄子はあのころ、子ども欲しくてしょっちゅうおれのとこへ相談に来てたんだ。喜三郎はずっと京都にいたはずだし」

「そうですか。そしたら結婚する前後、紗栄子さんの様子に、引っかかるところはなかったですか」

「なんもさ。うれしそうにして、子ども欲しがってただけさ。そう言えば思い出したけど、結婚のときもさ、喜三郎とちょっとつきあってたことはおれも知ってたから、キー坊のほうだいじょうぶなのか、諒解してるのかって、陽二郎に訊いたんだよね。なんたってあれだけの美人だから、念のためにね」

「キー坊は喜三郎さんのことですね？」

「そだ。ちゃっこいころから、みんなそう呼んでたからね。したら陽二郎が、だいじょうぶだって言うからさ。キー坊と電話で話したし、第一、紗栄子はあいつみたく、金なくてふらふらしてるやつは、最初からダメなのさって、内緒話みたいにしておれに言ってたよ。実家になんぼだか仕送りしないとなんないからって」

紗栄子の実家が困窮していたことは、阿藤邦彦現社長の話にも出てきた通りだ。

「実際結婚式になったら、キー坊も駆けつけてさ、みんなニコニコしてたから、こっちが余計な心配することもなかったのさ」

それでは結婚して、進一が生まれて、しばらくして、おそらく喜三郎が七飯に帰ってきてから、二人は再接近したということだろうか。喜三郎が七飯に帰って「わたらい」に就職したのは二〇〇八年、進一が四歳のころだ。

そのときチャイムが鳴って、慶太郎が応対に出ると、客は慶太郎の旧友の阿藤社長だった。だいじょうぶか、進一はどうしてる、といった話をしながら、やがて阿藤も応接間へやってきて俊介と挨拶を交わした。阿藤は喜三郎と紗栄子の死が心中であるらしいとすでに聞きつけていた。二人の葬儀について、慶太郎と相談したいらしい。

慶太郎たちがひとしきりしゃべり終えるのを待ってから、

「お二人にちょうどお尋ねしたかったんですが」と俊介は言った。

「小森浩司という人、ご存じですか。もう亡くなったそうですけど、喜三郎さんの友達で」

二人ともなにも思いつかない顔をした。

「喜三郎さんが京都へ行く前、紗栄子さんと最後のデートだかドライブに行く予定だったのを、やめたんだって話を、その小森さんがしてたらしいんだけど」

「わかんないけど、それがなにか今度のことに？」と慶太郎がもっともな質問をした。

「いや、はっきりしないんですけど、二人の関係がどうつづいてきたのか、それだけでも調べたいと思って」

「なんか、思い出すことある？」慶太郎は阿藤に話をゆだねた。

「最後だかなんだか知らないけど、ドライブには行ったんでないのかな」と阿藤が答え、手ぶりをまじえながら、

「今言われて思い出したけど、陽二郎がある日、親父さんのベンツで会社来たのさ。あいつはふだん、セドリックに乗ってたからね。車どしたの、って訊いたら、弟に貸した、ちゅうんだよ。珍しいな、彼女とドライブでもすんだべか、って言ってさ、わっはっは、そのころはほれ、紗栄子がいずれ陽二郎と一緒になるなんて、知る由もないからさ、なあ」といったん阿藤は慶太郎の相槌を待ってから、

「それにしても、ドライブするなら親父さんのベンツ借りればいかったんでないの。遠慮したのかい、って訊いたら、陽二郎、首振ってさ、いやあ、ベンツは左ハンドルで乗りにくいから、って言うからさ」

「あれ、キー坊がベンツ運転してるとこ、何回って見たけどな」と慶太郎が言った。

「んだべ？　おれも見たことあるからさ。だけど、彼女乗せてまさか事故も起こされないし、じきに京都さ行かないとなんない身分だもの、そんなものなんだべと思ってさ。それきり忘れてたの、今思い出したよ、わっはっは」

「ということは、やっぱりドライブには行ったってことですか」

「そうでないかな。紗栄子が一緒だったかどうかは、見てないからわからないけども、セドリック借りてったことは間違いないよ。それが京都さ行く、三日か四日前だったんでない」

「そんなことも、もう本人に確認できないんだものなあ」と慶太郎が急にさびしそうに言った。

「そうだ。笑ってる場合でなかったもね」と阿藤は小声で言って自分の腹を叱るようにぽんと

叩いた。

山形と進一が一緒に階段を下りてきた。山形の顔つきで、紗栄子の遺書はもちろん、手がかりになりそうなものは見つからなかったことがわかった。

おめだけでも元気でいねばダメだぞ、と言いながら阿藤は進一の頭をぐりぐり撫でた。

喜三郎の部屋に残されていた携帯用ボトルについて、山形は進一に確認を取っていた。紗栄子は酒に弱いので、人につきあって酒を飲むときはたいてい少量でやめて、携帯用ボトルに入れたハトムギ茶を飲んでいた。身体の弱かった紗栄子の母親から受け継いだ同じ銘柄のハトムギ茶で、紗栄子はふだんから、自分にもよく効くし、お酒を飲んだときは特にいいの、と言っていたという。

慶太郎は紗栄子から、もう何年も胃弱についての相談を受けていた。体質的な要因だと考えられ、ハトムギ茶が効くようなら、とりあえずそれをつづけて問題ない、と答えていたらしい。

外に出ると、事件を聞きつけた報道陣がどっと集まってきて騒がしかった。

6

捜査本部は心中事件として発表することに決めたが、無理心中なのかどうか、また動機はなんだったのかについては、今後の捜査を待つほかなかった。

一月の放火事件がどちらかの犯行によるもので、それが結果的に二人を追い詰めたのではないか、という意見が出た。だが、追い詰めたと言っても、二人に嫌疑が及んでいたわけではない。

そもそも函館市内の婚礼に出ていた紗栄子に犯行は不可能だが、火災発生の約二時間前に渡会家を出たとされる喜三郎には、本当に犯行が不可能だったのか。二時間後に作動する発火装置をセットして、何食わぬ顔で出てくればよかったのではないか、とあらためて言い出す者もいた。進一がコーヒーをいれたと喜三郎は言っているが、隙を見て睡眠薬を混ぜることぐらいはできただろう。しかもその睡眠薬は、紗栄子から手に入れられたはずだ。二人の心中という事実を前にすると、そうした方向から再検討すべきだという声があがるのも無理はなかった。

ただ、現場からはタイマーのような、出火を遅らせる装置は発見されていない。なにか特殊な方法があるのだろうか。

もっと大きな問題は、犯行の意図、動機に関するものだった。「北海道ワイン協議会」の件は別として、そもそもあの放火が、二人にとって邪魔な存在だった陽二郎を消し去りたいという意図にもとづくなら、その意図は達成され、晴れて二人は交際をつづけることができるし、現につづけていた。一年も待てば、同居するなり正式に結婚するなり、もっと自由な身分が手に入るはずだった。それなのになぜ今、死ななければならないのか。この点をクリアしなければ、放火事件と心中とを結びつけることは難しい、という声が捜査本部内では強かった。

喜三郎が当日の朝、北都留奈々子と待ち合わせてニセコ方面へ行く予定だった事実を、重視すべきだという意見も出された。喜三郎の側には、自分から死ぬ気などなかったのではないか。むしろ喜三郎は、奈々子の両親とも会い、ゆくゆくは結婚するつもりでいたように見える。ということは、喜三郎の本心は奈々子にあったと考えられる。そのことが紗栄子には耐えられなかったのではないか。三十日当日、喜三郎は奈々子と出かけ、小樽へ足を延ばして奈々子の両親とふたたび会う可能性があった。そうなれば結婚の話が決定的にならないとも限らない。紗栄子はそう考えて焦燥感に駆られ、喜三郎を出発させまいと無理心中に及んだのではないか。

そう考えると、二人のあいだで執着が強かったのは紗栄子ということになり、放火事件への見方も変わってくる。紗栄子が喜三郎をうまくなだめて犯行へ駆り立てたのだろうか。だがすでに奈々子と交際しはじめていた喜三郎が、今さら紗栄子と一緒になるために言うことを聞いて紗栄子の家族を消し去ろうとするとは思えない。

それでは紗栄子は放火について、誰かに犯行を依頼したのだろうか。依頼というと突飛に聞こえるが、相当の現金と、紗栄子の美貌をもってすれば、あながち不可能だとも決めつけられないと言う刑事もいた。周辺の男たちの、紗栄子とのひそかな関係を探る必要があるだろう。たとえば当初注目された小布施拓海について、紗栄子と線を結ぶことはできないか、あらためて調べてみたい。拓海は今、窃盗の容疑で湯ノ川署に留置されているが、拓海の両親が室蘭から詫びに来たので、被害者の川野夫妻が被害届を取り下げる話も出ているとのことだった。

俊介は心中事件をどう解釈すべきか、相変わらずよくわからなかったが、紗栄子が喜三郎に執着したり、北都留奈々子に嫉妬したり、といった見解にはどことなく違和感を覚えた。何度か会った印象からして、なにかに執着する人には見えなかった。それにすぐ思い出すのは、喜三郎が撮ったヌード写真の悲しげな表情だった。あの表情は喜三郎の注文によるものだったとしても、それだけではない内面の屈折を、紗栄子は表現しているように思えてならなかった。

7

俊介は阿藤新社長、それからスタジオ経営者の堀池光男から聞いた話を整理して、紗栄子と喜三郎の二〇〇〇年ごろの交際ぶりを室蘭の山背警部補にメールで伝えた。するとその日のうちに山背から電話があり、情報提供に礼を述べたあと、じつは今函館にいる。紗栄子たちの心中事件について話したいことがあるのだが、長くなるので、明日にでもそちらを訪ねて行きたいという。俊介は山形にも連絡を取って、翌朝十時に捜査本部の別室に山背を迎えた。

山背はかつて俊介も山形も同僚だった湯ノ川署の長岡《ながおか》警部補と一緒に現れた。長岡が昔のよしみで、山背の函館での捜査を手伝っているとのことだ。

話は二〇〇〇年、二十二年前にさかのぼる、と聞いて、俊介は驚きながら身構えた。山背が追いかけてきた事件が、いよいよ明るみに出されるらしい。

その年の九月、平日の夜十時十五分、公衆電話から若い男の声で一一九番通報があった。室蘭市海岸町《かいがんちょう》一丁目の国道で人が倒れている、黒っぽい車が走り去ったので、衝突の瞬間は見ていないが轢き逃げかもしれない、とだけ言って通報者は電話を切った。救急車が現場に駆けつけると、老婦人が路傍に倒れていたので救急搬送したが、頭を舗道に強く打ちつけたらしく、その夜のうちに死亡が確認された。

連絡を受けて室蘭南署の交通課が現場へ急行した。一見して轢き逃げ事案と思われたが、被害者のケガの具合やブレーキ痕から見て、事故車はさほどスピードを出さず、しかもブレーキを踏んでほとんど停車寸前で被害者と接触したらしく、それでも高齢の被害者はその場に転倒したようだった。おまけに横断歩道ではないところを渡ろうとして飛び出したらしい。運転手にとっては不運な出来事だった。

現場の交通規制がつづいているあいだに、付近の住民が寄ってきて、かれらの証言から被害者の身許はまもなく知れた。八十三歳の婦人で、友人たちとカラオケに行った帰りだということもやがてわかった。

難航したのは目撃者探しだった。国道だから車はときどき通るが、平日の夜間に人が出歩く地域ではなかった。現場は消防署の近くだったので、三分後には救急車が到着したが、付近に人影はなく、一一九番の通報者も見当たらなかった。

南署の交通課からも当番の警官が出動した。被害者が倒れていた地点から十メートルほど港へ寄った路傍に公衆電話ボックスがあった。目撃者はここから電話をしたのではないか。まだ携帯電話が普及していない時代だった。発信電話番号を即座に特定する逆探知装置も、室蘭の救急センターには設置されていなかった。

通報してきた男はじつは轢き逃げ犯で、せめて被害者を救いたい気持ちから通報したものの、氏名を教えたり現場にとどまったりすることはできず、途中で電話を切って逃走したのではないか、という声も出た。いずれにしてもこの男を探し出すことが急務だったが、電話ボックスから明瞭な指紋は得られず、手がかりは途切れた。通報の電話は録音されていたが、付近に住む若い男の声を全員調査するすべなどあるはずもなかった。

ブレーキ痕から推定された事故車の車種は、タクシーなどに多いセダン型で、市内全域の黒系統のセダンを調査したが、成果はなかった。被害者の衣服や路上に事故車の塗料などが付着した形跡もなかった。

犯人や通報者は、もとより室蘭の住民とは限らない。海岸町の国道は二年前に開通した白鳥《しらとり》大橋《おおはし》に通じている。白鳥大橋は室蘭港を横断する巨大な吊り橋で、今や観光名所であるだけでなく、渡ればすぐに道央道に出られるから、車は道内のどこから来てどこへ走り去ったか知れたものではない。

念のため道内全域の自動車工場に、黒系統のセダンの前部損傷車輛の修理依頼について照会したが、捜査に手間がかかるだけで、めぼしい回答は得られなかった。そもそも老婦人は軽量で、完全停止の寸前に衝突したらしいから、車のほうには特に損傷がなかったとも考えられる。

通報者が犯人だったとすれば、自分の車について正確な情報を教えるはずはない。通報者が黒っぽい車と言った以上、実際には白系だったのではないかと勘繰ることもちろんできた。だが白系は薄いグレー、シルバーからアイボリー、薄いクリームまで、数が多すぎて網が絞れない。おまけに黒という嘘が隠している真相が白であるとは限らない。黄、赤、緑などもあるだろう。

そういう次第で、南署に設けられた捜査本部では、当初から諦めムードがただよっていた。ただ、山背にとって事情はやや異なっていた。山背は子どものころ海岸町に住んで、母親が被害者の老婦人と親しい友達であり、山背自身もお菓子をもらったりして、世話になった思い出があったからだ。事件後しばらく母親は元気で、警察官の息子が親友の事件の捜査に加わったことを喜び、ときどき進捗《しんちょく》状況を聞いては、わがんないもんだべがねえ、とうらめしそうにつぶやいていた。そんな縁で、捜査本部が解散してからも、この事案は山背にとって気がかりでありつづけた。やがて母親は他界したので、諦めきれない無念が、母親の置き土産のように思い出されたという。

ただし捜査本部が解散する前に、一筋の希望の光かもしれない手がかりがもたらされていた。事件現場から五百メートルほど西へ離れた緑町《みどりちょう》で、住民から話を聞いていた交番の巡査が、隣家の年配の主婦から話しかけられた。事件発生からひと月あまりたったころだ。関係ないかもわかんないけど、と最初に主婦は言った。てっきり関係ないべと思って、今まで警察に知らせようと思わなかったんだども、やっぱりちょこっと気になるからさ。なしたのさあ、と巡査は明るく尋ねた。

事件当日の夜十時すぎ、自宅へ帰りがけに、緑町の国道沿い公衆電話ボックスの脇に白っぽい車が停まってハザードランプを点滅させ、ボックスの中で男が電話をかけているのが見えた。車の故障だろうかと思ったが、近づくとボックスのそばで若い女がおなかでも痛そうにうずくまっている。病気なら車に乗せて病院へ行けばいいのにと思いながら主婦は通りすぎた。するとちょうど電話ボックスが開いて、電話を切った男が外へ出て、「すぐ来るってさ、サイコ」と言いながら女に近づく感じだったが、そのときにはもう通りすぎていたので、振り返って見たわけではない。女は返事をしたかもしれないが、自分には聞こえなかった。そのあと自分はすぐに角を曲がったので、その男女や車がどうなったのかはわからない。

ボックスの中の男が誰とどんな話をしていたかもわからない。男はほとんど後ろ向きだったので、顔は覚えていないが、長髪で、後ろ髪が襟にくっついていたと思う。女のほうも下を向いていたので顔は見えなかった。肩までの髪をチリチリにカールさせた髪型だったし、白とピンクのプリントのワンピースから脚をたくさんはみ出させた、派手な人のように思えた。

家に戻りながら自分としては、男が電話でサイコという女を呼んで、サイコはすぐ来るからもうすこし待とう、という話になったのではないかと思っていた。サイコというのは男の奥さんだろうか。うずくまった女はサイコに会いたくないので嫌がっていたのだろうか。自分はその時点で轢き逃げ事件については知らなかったので、そんなふうにぼんやり考えていた。

そのまま電話ボックスの二人のことは忘れていたが、ふと思い出したのは、一週間ぐらいして、警察の人が近所に来ていろいろ話していった中で、一一九番通報があったのが十時十五分だと言われたときだった。その日自分はパートに出ていて、夜帰ってきてからその情報を妹から聞いて、びっくりして考え込んでしまった。思い出してみると、自分が電話ボックスの二人を見たのも、ちょうど十時十五分ごろだった。そうするとあれは、轢き逃げ事故を目撃して、救急車を呼ぶための電話だったのか。夜のあんな時間に、電話ボックスを使う人が同時に二人いるなんて、そんな偶然があるだろうか。

おばあさんが轢かれた場所が五百メートル離れていることはわかっていた。でも、轢き逃げを目撃してから、急いでいたか面倒だったかして、通報するかどうかしばらく迷っているうちに、五百メートル走ってしまったということはありうる。

主婦が目撃した電話ボックスの男が一一九番の通報者であることは、電話会社からの資料からわかっていた。つまり室蘭市内の公衆電話で十時十五分に使用されたのは緑町のボックスだけだということが、そのころまでに判明していたのだが、巡査は黙って話を聞いていた。

あの男が目撃者なのだろうか、それならなぜサイコを電話で呼んだのだろう、と思いながら、男が女に言っていたセリフを何度も胸の中で繰り返していると、別の可能性があることに気がついた、と主婦はつづけた。男は「すぐ来るってさ、さ、行こう」と早口で言ったのではないか。男は急いでいたので電話なんかしたくなかった。それでも女が、おばあさんがかわいそうだから電話してくれ、と言い張った。二人は五百メートルのあいだ、車を走らせながらケンカしていたのかもしれない。けっきょく、通報だけはすることになった。だから女は、すねたようにうずくまって下を向いていたのではないか。男は通報を済ませると、救急車が来ることを女に伝え、先を急ぎたくて「さ、行こう」と言った。最後の「う」は急いでいれば言わなかったかもしれないし、自分には聞こえなかったのかもしれない。だから「さ行こ」と聞こえたのではないか。

そんなふうに考えて自分としては落ち着いていたが、今さらそれを警察の人に伝えても、どうもならないと思って黙っていた。あの男女がまさか轢き逃げをした張本人だとは思ってもみなかった。ところがそういう可能性があるんだと、今になってお巡りさんが言うものだから、思い切って話してみようと思ったわけだ。

男はおばあさんを轢いたのだろうか。それでも知らん顔して、そのまま逃げようとしたのだろうか。それはあんまり気の毒だと女が言い張ったので、男はそれなら救急車だけ呼んでおこうということになって、途中で車を停めてあの電話ボックスに入ったのか。自分が見た二人の様子は、考え直してみると、そうであってもおかしくない気がした。もう電話したからいいだろう、さあ行こう、と男が声をかけるのもわかる気がした。

そんなわけで、犯人だったのかもしれないが、自分は今話した以上のことはいくら考えても覚えていない。車は白っぽかった。ドアの数は……覚えていない。ナンバーなども、もちろん覚えていない。男は髪が長かった。女は髪をウェーブさせて派手っぽかった。それだけでも、なにかの役に立つだろうか。主婦の話はそんなふうに締めくくられた。

巡査は捜査本部に情報を提供し、山背が出かけてあらためてその主婦から話を聞いた。

「さ行こ」と言ったのと、「彩子」なり「佐衣子」なり人名を呼んだのとでは、若干アクセントが異なるように思えたが、異ならない場合もあるだろうし、どちらにしても主婦は記憶の中で、その区別がもうつかなくなっていた。男の声は普通だった、と言った。山背はカセットレコーダーを持参して、一一九番通報の録音された声を聞かせたが、似てる気がするが自信はない、と言うばかりだった。

主婦の話を聞きながら、山背には気づいたことがあった。「サイコ」が女の名前だとして、それはボックスの男が電話をかけた相手だとは限らない。電話の相手は救急センターに決まっている。したがって、ボックスの外でうずくまっている女がじつはサイコで、男は彼女に呼びかけただけかもしれないのだ。そうなれば、サイコなる女は見つかり次第、犯人に直結する可能性がある。

そこで山背が試みたのは、「彩子」「佐衣子」「小衣子」その他「サイコ」と読む名前の若い女を室蘭市内から探し出して問い合わせることだった。そうする以外に、もうこれといって捜査を続けるすべがなかった。けっきょく三名の該当者があったが、いずれも轢き逃げ事件とは無関係であることがわかった。そこから先は捜査本部が解散し、山背がほとんど一人で、しかもほかの業務のかたわら「サイコ」を探さねばならなかった。

通報で男は黒っぽい車だと言っていたが、目撃した主婦によれば男の車は白っぽかった。やはり逆を教えていたらしく、その点も電話ボックスの男が轢き逃げ犯である可能性を強めている。

山背は気長に構え、まずは範囲を広げて、胆振《いぶり》管内全域から「サイコ」という名の若い女を探す作業に取りかかった。苫小牧市などから計四名の該当者が出て、確認にあたり、場合によってては食い下がったが、けっきょくは無関係だった。そこまででほぼ二年が経過していた。

この間に変わったことと言えば、事故から一年たって、被害者の命日が近づいたころ、被害者宅に匿名で十万円の金が送られてきたことだった。現金だけが茶封筒に入っていて、手紙は添えられていなかったが、謝罪の気持ちに駆られた犯人からの送金かもしれないというので、山背は封筒を中身ごと預かって指紋などをチェックした。手がかりは何も得られなかったが、指紋などを丁寧に消してあるところから、差出人が犯人だという印象はかえって強まった。消印は札幌中央局だった。その翌年の九月にも、やはり札幌中央局から十万円が送られてきた。律儀な性格がうかがわれる。送り主は札幌在住なのだろうか。それともこれも一種のカモフラージュで、まったく別の場所で生活しているのだろうか。

いずれにしても、次は札幌をはじめとする石狩《いしかり》管内の「サイコ」をチェックする段取りだったが、札幌はなにしろ大都会だ。それだけ問題の男女が居住する可能性が大きい反面、ほとんど自分一人の捜査では何年かかるかわからない。どうしたものか。

そんな悩みを、たまたま札幌から来た旧知の刑事仲間に話したところ、え、サイコかい？

サエコでなくて？　と尋ねられて山背は愕然とした。サイコならそう多くないだろうけど、サエコならずいぶんいるんでないの、と仲間は言った。そうか、サエコだったのかもしれない。あの主婦が聞き間違えたのかもしれないし、男の発音が不明瞭だったとも考えられる。東北でも北海道でも、「イ」と「エ」の発音がまぎらわしくて、訊き返すことは日常茶飯事である。だから男は「サエコ」のつもりで「サイコ」と聞こえる言い方をしたのかもしれない。主婦のほうは「さ、行こう」かもしれないと言っているくらいだから、「サイコ」としか聞こえなかったのだろうが、もう一度きちんとたしかめねばならない。

だが、この発見のもたらしたものがほとんど絶望であることはわかっていた。仲間の指摘を待つまでもなく、「冴子」「佐枝子」「沙恵子」その他、「サエコ」という名の女の数は、「サイコ」の何倍にもなる。これを最初からやり直して、室蘭市内から調べ直すのは気が遠くなるような作業だった。

目撃者の主婦に尋ねると、案の定、自分には「サイコ」と聞こえたが、言われてみると「サエコ」だったかもしれない、という返事だった。姪に彩子という子がいて、自分にはそちらのほうが馴染みがあるから、と補足説明もしてくれた。

これで話は振り出しに戻った。室蘭市内居住で「サエコ」と読む名前の二十代と三十代の女だけ、時間をかけてリストにしてみたが、十二人、「サイコ」の四倍だった。山背は疲労感に襲われて作業がはかどらなくなった。諦めたわけではないが、リストの十二人全員にあたるのに三年かかった。原因のひとつは、該当者のうち四人がこの間に市外へ引っ越し、一人は急病で死亡していたことだった。当然ありうる変化で、この捜査を札幌市内にまで今から広げるのでは、収拾がつかないことは明白だった。

そうなると、犯人から年に一回送られてくる現金十万円だけが頼りだった。山背は捜査状況を報告するというより、捜査の停滞を詫びるために、年に一回被害者宅を訪問していた。九月の末に訪ね、命日の前後に届いた犯人からの封書を預かって帰ることが年中行事になっていった。指紋が残されているとか、封筒や切手が特殊なものであるとか、紙幣の番号が特異であるとか、どこかに犯人側の手がかりがないものか、拝むような気持ちで鑑識係に依頼するのだが、結果は常にかんばしくなかった。

そのうちに被害者の夫が老人養護施設に入り、一人娘は結婚して千葉県に住んでいたので実家は更地にして手放すことになった。山背は郵便局で事情を話して、年一回の老婦人宛ての封書を、半永久的に娘に回送してくれるように手続きを取った。娘からそれを警察へ送ってもらい、調査ののち送り返すという作業がつづくことになった。

いつのまにか、封書の消印だけが手がかりとも言えない手がかりになった。消印は最初の二年が札幌中央だったが、三年目以降は千歳、札幌、室蘭、函館、室蘭、札幌、苫小牧、函館、と変化した。札幌より北や東の地域はなく、函館から札幌までの室蘭本線・千歳線の沿線の町ばかりが選ばれている。

犯人にしてみれば、年に一度、居住地をごまかすためにわざわざ遠い町へ行って封書を投函しなければならないが、もし札幌に住んでいるなら、小樽は近いし、旭川《あさひかわ》だって室蘭よりは近い。そういう地域には行かずに、室蘭本線・千歳線の沿線に投函地を限定しているということは、犯人はやはり室蘭、苫小牧の周辺か、あるいはもっと南の函館方面に住んでいるのではないか。函館は十年間に二度選ばれている。函館近くの住人なら、観光にしろ、ファイターズの応援にしろ、札幌へ行く用件はときどき生じるだろう。そしてわざわざ札幌まで来て投函したのだから、ごまかすための距離は十分に取ったと考えるだろう。

そう考えて、山背は札幌より先に函館方面の「サエコ」「サイコ」を調査しようかと思案しはじめた。ところがそう思った矢先の二〇一一年、九月末まで待っても娘から現金が回送されてこないので、尋ねてみると今年は送られてきていないという。室蘭郵便局に問い合わせても答えは同じだった。犯人が入院したか、それとも死亡したのか。あるいは経済事情が急に悪化したのかもしれない。

そこまでで送金は終了した。二〇一二年にも封書は来なかった。二〇一〇年までの十回で終わり、というのは、考えてみれば回数として切りがいいのかもしれない。

そこまでが長い長い第一段階だったと、山背は苦笑しながら語った。

8

第二段階は七飯の渡会家の事件だった。轢き逃げ犯は函館界隈の住人ではないかと思っていたので、夫人の名前が紗栄子だと聞いたとき、毎年十万円を送るほど生活に余裕がありそうな印象から、直感的に二十二年前の轢き逃げ事件と結びつけた。当時紗栄子が交際していた相手は渡会喜三郎だったということで、喜三郎について調べはじめた。そうこうするうちに二人が心中したと聞いて、なにか奇縁があるな、とも思った。

調べたといっても、自分は室蘭にいておいそれと出張できないので、昔湯ノ川署で後輩だった長岡警部補に頼んで、函館市内の自動車修理工場を回ってもらった。ところが今回は運が向いているらしく、三軒目の修理工場で有望な返事が得られ、しかも当時の簡単な記録も残されているというので、ゆうべあわてて、自分もそこへ行ってきたところだ、と山背は言った。

「運でなくて、死んだ喜三郎が、懺悔《ざんげ》してるんだべさ。山背さんに謝る気持ちで、おればあっこさ連れてってたんだべさ」と長岡警部補は感激したように口をはさんだ。

長岡が訪ねた自動車工場は、五稜郭駅に近い亀田本町《かめだほんちょう》の老舗で、経営者は息子に代替わりしたが、お客を大事にする父親の方針で、日付やお客の名前と一緒に修理を引き受けた車種、修理内容、金額がノートに整理され、しかも渡会喜三郎の修理の記録は昨年末に確認したばかりだという。二〇〇〇年九月のノートを見せてもらうと、たしかに九月十四日、渡会喜三郎の名前で、セドリックのバンパーの傷を五千円で修理していた。小さな傷だったようだ。セドリックの車体の色については記載がなかったが、十四日は室蘭の轢き逃げの翌日である。セドリックのトレッド幅は現場のブレーキ痕に合致している。山背は興奮して何度も長岡の肩を叩いた。喜三郎が轢き逃げし、救急センターに通報し、その電話のあいだ、ショックを受けた紗栄子がボックスの脇にうずくまっていたのだろう。喜三郎はボックスを出ると「すぐ来るってさ、紗栄子」と言ったのだ。ともかく喜三郎の声紋を取ることが急務だと山背は考えた。

だが、工場主の話はそこで終わらなかった。工場主は高校で渡会陽二郎の二年後輩だった。昨年暮れに陽二郎が初めてやってきて、ベンツのオイル漏れの修理を引き受けたとき、渡会さん、高校で生徒会でしたね、覚えてますよ、と工場主は挨拶し、茶を出してしばらく昔話をした。桔梗にある行きつけの工場が改修工事で休んでいるので、今回はこちらまで遠征してきたのだと陽二郎は言っていた。

夜になって、工場主が陽二郎の話を父親にすると、そう言えば前にも渡会の車を直したことがある。そのときはベンツでなくて国産車だったな、と父親は言った。渡会のワイン会社は当時から知られていたから、名前を見てへえ、と思って記憶に残っている。一族の人だったんだろうが、陽二郎だったかどうかまでは覚えてない、と父親は言った。

クリスマスがすぎてから陽二郎が息子を連れて車を取りに来たので、父親から聞いた話をして、ここは二回目だってことですよ、と言うと、そんなはずはないなあ、いつ？　と訊くから、時期までは正確に聞いてないけど、国産車だったらしいですよ、と言うと、ああ、しばらくセドリックに乗ってたから、そのときか。それにしても、ここへ修理に出した覚えはないな、おれも頭が弱くなったかな、と笑う。そのまま一緒に笑って終わりにしてもよかったけど、ベンツの大事な客なので、わかりますよ、うちは昔から帳簿残してあるから、と工場主が教えるとびっくりして、そうかい、そしたら、一九九八年から二〇〇二年ごろ、調べてくれる？　と言うので、奥から古い帳簿をどっさり持ってくると、陽二郎は急に思い出したらしく、二〇〇〇年の夏ごろ、どうだろう、そのころ、弟に車貸したんだよ、と言う。

言われた通り二〇〇〇年の六月から調べはじめると、九月十四日に喜三郎の記録が見つかった。やっぱりおれじゃなくて喜三郎か。だけど修理に出したなんて言ってなかったなあ。バンパーの修理かい。どこかにこすって、恥ずかしかったんだべか。陽二郎は笑いながらそんなことを言った。だけどセドリックなら、こっちまで来なくても、七飯でも桔梗でも、なんぼでも修理するとこあるのになあ、とも言っていた。いやいや、当店の評判を聞いて、お選びいただいたんでしょう、と言うと、あ、そうか、と言って二人で大笑いになった。

これでほぼ間違いない、と山背は考えて全身から脱力する思いだったが、工場主の父親に確かめなければならない点が残っていた。一つは喜三郎のセドリックの色であり、もうひとつはバンパーの傷の形状だった。父親は先週、友人たちとカラオケに行ってコロナにかかり、重篤ではないが目下入院中で、あと二、三日は面会もできないという。

山背は室蘭南署の刑事課長に電話を入れて事情を話し、それでは先に喜三郎に話を聞きに行って、こっそり声を録音してしまおう、という話になり、逃亡の恐れがないとも限らないので、訪ねてから先は喜三郎をしっかり尾行するように言われたところへ、喜三郎と紗栄子が死んだ、というテレビのニュースが飛び込んできた。あと一歩のところで犯人を取り逃がした悔しさより、キツネにつままれたような不思議さに打たれて山背は呆然とした。

山形は山背と長岡の苦労をしきりにねぎらいながら、

「時効は廃止されてるから、二十年以上たっても関係ないものね」と言った。

「それなんですよ」と長岡が興奮した口ぶりで言った。

「時効は二〇一〇年に廃止されてます。犯人が毎年十万円、被害者宅に送ってたことは、今も山背さんが話した通りですが、二〇一一年以降、その送金ぴったりやんでるんですよね。どうもおれは、十年ぽっきりで切りがいいからやめたんでなくて、時効が廃止されたから、がっくりきてやめたんでないかって思うんですよ」

「それはわからんけど、とにかくそんなこと含めて、もう真相がどこからも聞けないちゅうのはなあ」と山背は苦笑する。

「進一が訪ねていった糸川静代、この人は轢き逃げ事件とは無関係なんですね?」と俊介。この新情報の射程がどこまで長いのか、とまどうような気持ちだった。

「それは無関係しょう。轢き逃げの現場も電話ボックスの目撃情報も、室蘭の市街地、絵鞆《えとも》半島ちゅうんだけど、半島の西側だからね。糸川静代の生活圏は母恋だから、半島の真ん中あたりだもね」

「だけど、紗栄子が糸川静代と知り合ったときの話、あれ十五年前、二〇〇七年の話ですよね。二〇〇七年の送金の消印、室蘭になってますから、紗栄子一家が室蘭に旅行してきて、ついでに投函したとも考えられます」と長岡が言った。

「轢き逃げの件はそれで決まりだとして、こっちの事件もそれで説明つくんだべかね」と山形。

「肝心の嶋岡円佳の件、さっぱりわかんないのが、頭痛いとこなんだけど」と山背。

「だけど、渡会の放火と心中の件は、だいたい説明つくんでないですかね」と長岡が手刀《てがたな》のように手を振りながら言った。

「山背さんとも話してたんだけど、紗栄子と喜三郎は、轢き逃げの過去があるから、特別な結びつきがあったと。それを去年の暮れに、陽二郎にかぎつけられて、なんか訊かれたかして、バレた、ヤバい、こう思って、陽二郎殺しに踏み込んだんでないかと」

「そうすると、喜三郎が犯人ということになるか」

「そうでないですかね。そして、そのあとも追い詰められた気になって、とうとう心中してしまった、と」

「追い詰められたって、山背さんの捜査が及んでくることに気イついたのかい？」と山形。

「おれはこれからアプローチするとこだったんだけど、どっかから漏れたんだべかねえ」

「修理工場のほうは、これから行って聞いてみるけど、わずか一日のことだからねえ」

捜査状況が漏れたかどうかはわからないが、大筋としては、長岡の言う通りだと思えた。轢き逃げ事件の露見。陽二郎になにか言われ、喜三郎と紗栄子は、具体的な手順はわからないが放火殺人の算段をした。事件にはたまたま進一も巻き込まれた。そして最後に、逃げ切れないと見て心中を図った。あるいは絶望した紗栄子が喜三郎を先に死なせ、みずからも一酸化炭素の充満した部屋にとどまって後を追った。嶋岡円佳殺害は今のところ、まったくの別件と考えるほかない。

俊介は山形と顔を見合わせた。どちらもなにも言わなかった。後味の悪い結論だった。

9

亀田本町の工場主は、喜三郎に連絡などしていない、そもそも電話番号も知らない、と答えたので、山背と長岡の無念は増すばかりだったが、誰かが修理工場主を訪ねた山背を見かけて喜三郎か紗栄子に知らせたのだろう、という想像に落ち着いた。いずれにしても、工場主の父親の証言を得てから、喜三郎と紗栄子について、被疑者死亡で書類を作ることになるだろう。

陽二郎の放火殺人も被疑者死亡なのだろうか。捜査本部の意見はそちらに傾きつつあった。山背が苦労して掘り起こした新情報の説得力は強かった。

俊介は紗栄子を初めて見かけた火事の夜を思い出した。闇の中に白く顔や手足を浮かびあがらせながら歩き回り、わめくのではなくただどうしようもなく泣いていた紗栄子、そして進一の記憶を取り戻そうと、目を輝かせて一人で雪を掻き分けてボールを捜していた紗栄子が、最初から事情を知っていたとはやはり思えなかった。自分は甘いのだろうか。

翌日、捜査にはかばかしい進展はなく、まだ函館にいる山背や山形とすこし飲んで十時に帰宅すると、パジャマに着替えた清弥子が起きて待っていた。ジャン・ピエールからお父さん宛てに手紙が届いた。中身を知りたくて、お父さんが帰るのを待っていたのだという。

「また日本に来るんでない？」と清弥子は満面の笑みで言う。

「そうだといいね」と言いながら、俊介は封を切って手紙を読んだ。

ジャン・ピエールの叔父である元町《もとまち》のカトリック教会の神父が、心臓病で入院したという。カトリック協議会からフランス語の話せる通訳が来てくれたが、なにかと不便なので、ジャン・ピエールがしばらく日本に滞在してくれたらありがたい、そういう電話連絡を受けたので、五月二十五日に羽田《はねだ》で乗り換えて函館へ行く。教会の人たちが迎えに来てくれて神父館へ送ってくれるはずだ。当面は叔父の世話で忙しいかもしれないが、少なくとも二週間函館に滞在するつもりなので、久しぶりに舟見さん一家と会えることを楽しみにしている。そういう内容だった。清弥子に読んで聞かせると、躍りあがって喜び、そのままファイターズのきつねダンスに移行した。

俊介は、じつは清弥子以上に喜んでいた。というより、夢のように思えて身体感覚が妙だったので、智子と清弥子を抱き寄せてしばらくじっとしていた。

……そういうことだったのか。一月の放火殺人以来、なにもかも中途半端ですっきりしなかった一連の事件は、やっぱりジャン・ピエールに解決してもらうことになるのか。ありがたい。ありがたい。

「お父さん、感激してるの？」と清弥子がささやくと、なんどもうなずいたが顔をあげられない。

ジャン・ピエールに会える日までに、できるだけ克明にそれぞれの事件を思い出して、メモに書き加えておこうと、とりあえずそれだけは決心した。


一九八九年、北都留康男（二十五歳）父親の葬儀の席で渡会幸吉を罵《ののし》る。

二〇〇〇年、渡会喜三郎（二十三歳）、紗栄子（十九歳）と知り合う。九月、室蘭市内での轢き逃げ事件。喜三郎、京都へ発つ。

二〇〇二年、紗栄子（二十一歳）、渡会陽二郎（二十七歳）と結婚。

二〇〇四年、進一生まれる。

二〇〇七年、紗栄子（二十六歳）一家室蘭へ旅行、糸川静代（二十二歳）と知り合う。

二〇〇八年、喜三郎（三十一歳）七飯へ戻って「わたらい」に職を得る。このころから紗栄子との秘密の関係が続く。

二〇一七年、北都留奈々子（二十九歳）「小樽ワイン」函館営業所へ来る。「わたらい」との連携の可能性を探る。

二〇一九年、北都留飯男（二十四歳）、函館市内のスイミングスクールに職を得る。
二〇二一年、小布施茂雄（四十九歳）「わたらい」を退社。
二〇二二年、七飯の放火殺人をはじめとする事件。【年齢はいずれも当時】

俊介は一日かけて、関係者の年表を作ってみた。作ってみると、紗栄子が中心になったことはいいとしても、自分たちがさんざん手を焼いてきた小布施拓海も、第二の被害者である嶋岡円佳も、この年表には登場していないことに気がついた。こんなものでもジャン・ピエールの役に立つだろうか。

いや、立つだろう。立ててくれるだろう。ジャン・ピエールの眼力は、こちらが提供したさりげない事実の裏にひそむ意外な真実を、必ず見抜いてくれるはずだ。俊介は武者ぶるいを感じた。なんでおれが武者ぶるいするのだ、と苦笑しながら、ふるえの波は次から次へと押し寄せてきた。

第四章　地球岬のフィナーレ

1

ジャン・ピエールに会えたのは六月一日だった。ハマナスのピンクやスズランの白が、あちこちで街をいろどる季節になっていた。

朝から俊介はジャン・ピエールを車に乗せ、三年ぶりの近況をろくに語り合う間もないまま、渡会宅の今は新居が建って進一だけが住んでいる家の周囲を案内しながら、第一の放火殺人事件について説明した。ジャン・ピエールは昔のように、膨大な現場写真を一枚一枚丁寧に見ながら、ニコニコと俊介の説明を聞いていた。これは？　と訊かれて写真の細部を解説しなければならないときには、車を路肩に停めて時間をかけた。ジャン・ピエールはときどき年表のほうも見やってくれたので俊介はうれしかった。

ジャン・ピエールの風貌は、別れたときと同じだったが、メガネが細い黒フレームに変わり、金髪の中にいくらか銀髪が交じっているように見えた。洋服は当然フランス製らしく、シャーベットトーンの明るいグリーンのセーターとイエローのパンツだった。

七飯本町のジンギスカンのレストランで昼食を取ると、「わたらいワイナリー」の本社前を通り、嶋岡家そばの脇道へ入って円佳について簡単に説明してから室蘭へ向かった。わざわざ室蘭まで行くのは面倒でないかい、と途中で尋ねると、ジャン・ピエールは笑顔で首を振って、

「卵を割らないとオムレツは作れません」と言った。

「オムレツ?」

「あ、フランス語のことわざです。ほら、日本にもあるでしょう、虎の穴に入らないと虎の子が手に入らない」

「あ、そういう意味か」

「日本のほうがだいぶ勇ましいですね」

この日の地球岬は最高の見晴らしだった。眼下は白波洗う断崖に立つ灯台、そこから先はすべて海で、はるか右手にかすむ駒ヶ岳《こまがたけ》を頂きとする渡島《おしま》半島の山並みが見え、左は水平線まで太平洋《たいへいよう》が広がる。

地球岬の名前は、例によってアイヌ語から派生したらしいが、その名が必ずしも大げさでない見晴らしだった。

「海を見るのは久しぶりです」と言ってジャン・ピエールも喜んだ。

「どこで生まれ育っても、海は生まれ故郷のような気がするよね」と俊介が言うと、

「それは地球岬にふさわしい言葉だ」と言って笑った。

言ってみてから、それは真実かもしれないと俊介は思った。自分は東京の団地育ちで、海に

接した記憶はあまりないが、函館へ来てからというもの、海のいろいろな姿に毎日のように親しんできた。あらためて室蘭で出会っても、こんなになつかしさを感じるということは、函館の町以上に、海が自分の故郷になりつつあるのかもしれない。

「ほんとにこの眺めは、忘れられないでしょうね。連れてきてもらってよかったです」とジャン・ピエールは言った。

「これで事件が解決できたら、もっと忘れられない思い出になるんだけどな」と俊介がわざと甘えるように言うと、

「そうですね。そうしましょう。地球岬に、最高のフィナルをあげましょう」

「フィナル？　フィナーレのこと？」

「そうです。日本ではイタリア語ふうに言うんでしたね。フランス語はアクセントがないので、フィナルと言います」

俊介はゾクッとした。ジャン・ピエールの言葉に何度か感じてきた興奮だった。その感覚を、身体がまだ覚えていた。

嶋岡円佳の遺体が遺棄された現場を見て、車に戻る。俊介は運転しながら、母恋の町の名を説明し、糸川静代が紗栄子と知り合った十五年前のエピソードを語り、ついでに車を停めて、糸川静代のアパートを探した。俊介もはじめてだったが、入り組んだ路地の奥にそのアパートはあって、静代の部屋の明かりはついていなかった。それから車へ引き返し、なお説明をつづけながら渡島半島を南へ戻った。ジャン・ピエールは黙り込んでいた。

函館に戻り、新外環道とのインターチェンジで一般道へ降りて、桔梗町の喜三郎のマンショ

ンを訪ねたのが、一日の遠足の最後になった。

ジャン・ピエールがとりわけ興味を示したのは、寝室のガラス戸のサッシについた紗栄子の口紅だった。

「これは？」

「あ、これは心中する前に、二人がベッドで暴れたときについたものだろうと……」

ジャン・ピエールはおかしそうに笑った。

マンションを出ると、すぐ車に戻ろうとせず、ジャン・ピエールは白っぽい夕暮れの中、溶け出しそうな色のセーターとパンツで、腕を組んでしばらくたたずんでいた。俊介はどきどきしながら待っていた。説明すべきことはだいたい終わったからだ。

やがてジャン・ピエールは俊介に向き直った。

「だいたいわかりました。……これは恐ろしい事件ですね」

「……恐ろしい？」と俊介はオウム返しに訊いた。そんなことをジャン・ピエールが言うのははじめてな気がしたからだ。

「はい。邪悪な運命が人々をあやつった、途方もない事件だと思います」ジャン・ピエールは笑っていなかったし、微笑んでさえいなかった。むしろなにかに耐えるように、唇を薄くして顔をあげ、風が金髪をそよがせるままにした。

2

ジャン・ピエールが黙って問題点を整理するあいだに、二人は方面本部に到着し、応接室に腰を落ち着けてコーヒーを出してもらった。方面本部長の金沢《かなざわ》警視は、かつて葛登志岬《かつとしみさき》の事件を通じてジャン・ピエールの能力を知っていたので、ジャン・ピエールが来たと聞いて、歓迎というより感激の意を示していた。やがてジャン・ピエールは、

「お願いしたいことがいくつかあります」

「うん、何?」

「室蘭にいる糸川静代さんを、ここへ呼んでもらえますか」

「呼ぶの?」それは意外な注文だった。

「なにか訊くんなら、室蘭の山背さんたちに頼めば簡単だと思うけど……」

「ええ、でも、来てもらったほうがいいな。来てくれますよ、きっと」とジャン・ピエールはようやく微笑んで言った。

「それから静代さんの息子さん、糸川豊君もできれば探してほしいけど、時間がかかるだろうから、静代さんのアパートに残っている豊君の私物、古い雑誌でも、シャツでも、なんでもいいから調べて、豊君の指紋を検出していただけたらと思います」

「指紋……」今まで函館側の関係者と交流がなく、捜査対象に含まれなかった糸川豊の名前を出され、しかも指紋と言われたので俊介は面食らったが、ジャン・ピエールはこちらにかまわ

ず、

「あ、それから、渡会家長男の慶太郎さんにも、やっぱり会っておいたほうがいいかなあ」

「慶太郎さんですか。まさかあの人が……」

「ははは、いや、まあ、来ていただきましょう。それから、鑑識の人たちを使ってもいいですか。一つ力仕事があるんですけど」

「力仕事？」

「はい、地面を深く掘ってもらわないといけないと思うんです」

3

翌日、ジャン・ピエールが名指しした人物はとりあえず重要参考人として方面本部に呼び出され、管理下に置かれた。すると驚いたことに、比較的素直に供述をはじめたので捜査本部は沸き立った。

大筋が明らかになった午後三時、ジャン・ピエールの説明会が大会議室で開かれた。

「皆さん、お久しぶりです。今回も舟見さんに連れられて、あちこちの現場を見て回りました。もちろん、ゆっくりお話も聞きました。その結果、ぼくの考えがまとまりまして、それがだいたい正しい結論を指し示していたことは、すでに確認されましたが、ここではぼくがどうしてそんなふうに推論を進めたのかについてお話しさせていただきます」

ジャン・ピエールがテーブルの前でマスクを外して、説明会はあっさりはじまった。聴衆は百人近かったが、ジャン・ピエールの解説をはじめて聞く者はほとんどいなかったので、余計な警戒心や猜疑心《さいぎしん》に表情を曇らせる者は見当たらなかった。大会議室は換気のため、窓をすこしずつ開けてあった。

「まず最初の、渡会家の放火殺人事件、これは捜査本部の皆さんが考えているように、渡会喜三郎の犯行だったと思われます。喜三郎と紗栄子の長期にわたる関係の内実については、あとでゆっくり考えますが、いずれにしても、喜三郎にとって兄の陽二郎は邪魔な存在でした。ところが、ただ邪魔なだけでは済まなくなりました。二十二年前の室蘭市内での轢き逃げ事件について、陽二郎はたまたま自動車修理工場で聞いて、なにか喜三郎にただしたのでしょう。この点は室蘭南署の山背警部補の執念の捜査が実ったわけですが、どうやらそれが放火殺人の直接の引き金になったようです。喜三郎は過去の轢き逃げ事件を明るみに出したくなかった。それで思いあまって、実の兄を殺害する計画を立てることになりました。

この犯行が喜三郎だけに可能だったことを立証するためには、三つの問題点をクリアしなければなりませんが、比較的簡単にそうすることが可能です。まず第一に、喜三郎のアリバイです。喜三郎は六時に渡会宅を出て会社に戻ったのに、出火は八時直前でした。約二時間後に出火するように、どうやって自動装置のようなものを現場に取り付けて、しかもあとからその痕跡が発見されないようにするか、という問題ですが、これは喜三郎の部屋から発見された蚊取り線香を使ったと考えれば特に不都合はありません。睡眠薬は進一がいれたコーヒーではなく、ケーキのほうにあらかじめ注入してあったと考えるほうが自然です。ケーキを食べて、陽二郎と進一はまもなく眠り込む。眠り込まなければ犯行を延期してもよかったのですが、喜三郎にとって好都合なことに、二人はうまくリヴィングのソファにもたれて眠ったのだと思います。そこで喜三郎は灯油を撒き、端のほうを糸で縛った蚊取り線香をたとえばテーブルの上からセロテープで留めてぶらさげてから点火します。あとはコーヒーサーバーと、新しいゲスト用のカップをキッチンから持ってきて、コーヒーに睡眠薬を混ぜておくだけで仕事は終わりです。

インターネットで調べると、蚊取り線香が燃える時間は一時間で十センチほどのようですから、二十センチ分、折り取って使えば用が足りたと思います。実際喜三郎の部屋からは、いくつか折られた蚊取り線香も発見されて、そうした工夫や実証実験がなされたことを物語っていました。蚊取り線香は出火までのあいだにほぼ燃え尽きますし、吊るしていた糸も、セロテープも、出火とともに簡単に燃えてしまいますから、これで証拠が現場にはなにも残らないことになります。

証拠が残らないなら別に喜三郎でなくても、誰かが喜三郎が帰った直後にやってきて、同じようなトリックを使ったかもしれないではないか、あるいは蚊取り線香など使わないで、すぐに火をつけて去っていったのではないかと、考えてみることもできそうですが、そんな別人の可能性はほぼゼロだろうと思います。時間もますます限られていますし、渡会宅に出入りする者を見た目撃者もいない。そして最大の理由は、陽二郎と進一の親子が、客を前にしてソファに座ってコーヒーを飲んだ、というくつろいだ状況にあります。そういう人間関係は、親戚の人にふさわしいもので、父親か息子かどちらかだけの知り合いではなかなかそうは行きません。その点でも、この事件の概況は喜三郎を犯人として名指ししているようにぼくには思われました。

さて、二つ目の問題点は、喜三郎にとって陽二郎が邪魔な存在だったことは理解できるとして、どうして息子の進一までも巻き添えにしたのか、という疑問です。たまたま自宅にいたから一緒に殺してしまった、というのでは、ずさんなだけでなく危険が大きすぎます。やはり犯人にとっては、進一も邪魔な存在だったのでしょう。

その理由は、紗栄子と喜三郎、母親と叔父の恋愛関係に、進一が気づいていたからだとか、父親に告げ口しようとしていたからだとか、いろいろ想像することができますが、もっとも直接的な理由としては、これも山背警部補が調べてくれましたように、陽二郎が自動車修理工場で喜三郎の修理のことを知ったとき、たまたま進一もその場にいて事情を聞いた、ということがあげられます。そういう理由があったために、犯人は陽二郎と進一を、いっぺんに殺害してしまわなければならないと考えた、そのために両者にケーキを届けるあの日の成り行きが絶好のチャンスに思われた、ということなのだろうと思います。

三つ目の問題点はなにかと言いますと、ちょっと気づきにくいことかもしれませんが、喜三郎が午後八時直前に出火するように蚊取り線香をしかけたとして、当日夜に渡会家に来ることになっていた小布施拓海が、八時まではやってこないと、どうしてあらかじめ知ることができたのか、という点です。拓海は七時か八時ごろに来ると言っていたのですから、もし七時すぎに来てしまっていたらどうでしょう。陽二郎と進一はすっかり眠り込んでいますから、しかたなくそのまま帰るかもしれませんが、どうしたかと思って玄関のドアを開けるかもしれない。そうすると灯油の匂いがするし、リヴィングでは親子が寝ていて、ぶらさがった蚊取り線香に火がついてすこしずつ灰になっているわけですから、放火殺人のたくらみを見破ることは簡単です。犯人からすれば、とんでもなく危険だということになります。

ということは犯人は、拓海が来るとしても八時より前には来ないだろう、来られないだろうと予測できた人物、ということになります。当日拓海が遅くなった理由は、援助交際の客が急な仕事で待ち合わせに遅れたからでした。それは突発的な出来事で、誰にも予測できなかったように見えますが、じつはその客は『わたらいワイナリー』の社員で、喜三郎副社長は、その社員が拓海のグループを当日利用しようとしていることを、あらかじめ知っていたようですから、あえて急な仕事を言いつけて待ち合わせに遅刻するように仕組むことは、それほど難しくはなかったはずです。逆に、その社員が遅刻するように仕向けた人以外には、拓海の到着を遅らせて、渡会家の火事が予定の時間に起こるように準備することができなかった事情から見ても、犯人は喜三郎以外にいないとぼくは考えました。

たまたま運のいい犯人が、拓海が来訪する予定についてはなにも知らないまま、喜三郎が帰った六時よりあとにやってきて、陽二郎父子と歓談しながら、隙を見て睡眠薬をコーヒーに混ぜて飲ませて二人を眠らせ、火をつけるということが、はたして可能だっただろうか、ということも考慮してみましたが、その可能性はほぼゼロだろうと判断せざるをえませんでした。なぜなら、自宅での陽二郎の夕食はだいたい六時から六時半だったのに、現場のキッチンでは、陽二郎自身がするにせよ息子の進一がするにせよ、夕食のカレーライスを食べる準備がなにも行われていなかったからです。運のいい犯人が、喜三郎が帰ってから十分後にやってきたとしても六時十分、そのあいだに夕食の準備は、始まっていたと考えるのが自然です。それなのに実際には、炊飯器のスイッチさえ入っていませんでした。この事実がもたらす推論はやはり、喜三郎が帰るときには、陽二郎も進一も、すでに眠らされていた、ということにほかならないのです。

ただし、こうした犯行の計画を、喜三郎がひたすら冷静に推し進めたかどうかは、なんとも言えないところです。むしろかれは最後まで迷っていたのではないでしょうか。というのも、その日のケーキの試食会に、喜三郎は円佳を誘っているからです。たまたま円佳は都合がつかなくてその誘いを断りましたが、もし断らないで、試食会に来ていたら、喜三郎は円佳をも眠らせて、一緒に焼死させるつもりだったのでしょうか。それではあまりにも無意味に残酷すぎますよね。むしろ円佳が来たら、喜三郎としては、その日の犯罪の実行は延期するつもりだったのではないでしょうか。つまり、こんな計画を立ててしまったことを、心のどこかで止めてもらいたくて、そのきっかけを、いわば円佳に求めていたのではないでしょうか。円佳が参加を断ったとき、喜三郎はようやく、運命は自分を駆り立てているのだと考えて、犯行に踏み出す決心を固めたのではないでしょうか。

最初の事件の概略としては、こんなところかと思います。もちろん大きな事件でしたが、これからお話ししますように、このあと起こる殺人事件の謎と悪意に比べれば、この最初の事件はお膳立てというか、前提条件を整える序章の役割を果たしたにすぎません」

ジャン・ピエールは言葉を休めて、ペットボトルの水に手を伸ばした。その動作は俊介が見覚えていた通りだったが、水を飲む前に、微笑みながら一同をちらりと見渡した視線は、かつてない落ち着きや自信を感じさせた。

4

「ぼく自身、最初の事件は比較的すぐに見当がついたのですが、続いて殺されたのが、どうして嶋岡円佳でなければならなかったのか、喜三郎にしろ、まして紗栄子にしろ、円佳を殺害しなければならない動機が、どうしても見当たらなくて困ってしまいました。その点をあれこれ考えるうちに、ぼくはこの事件の一番深い謎、二十二年前の轢き逃げ事件よりもっと深い謎に、おのずから導かれていくことになりました」と言うと、ジャン・ピエールは手許のメモを見て、やや口調をあらためた。

「円佳にもっとも深くかかわっていたのは渡会進一です。進一は円佳と交際してきたのに、殺さなければならないほどまずいことが起こったのだろうか。捜査の過程からはなにも浮かんでいません。そこでこうした疑問を手放したり引き寄せたりしながら、ぼくはさまざまな可能性を考えることになりました。

一つは、皆さんも一度は考えたと思いますが、進一が火災事件のあと、ショックで全面的な記憶喪失におちいっているのは本当なのだろうか、という疑問にかかわっています。記憶を失った演技をすることによって、進一が得られるものは特に見当たりませんし、実際通学していた高校を退学して、新しい高校へ行かなければならなかったくらいですから、不便のほうが大きいことは明らかです。また火傷の程度から見ても、進一が加害者として事件にかかわった可能性はまずないと見ていいはずです。

ここで、進一がみずから火をつけておきながら、被害者を装うためにすこしだけ火傷をしようと思ったら、火の回りが速くて予想以上の重傷を負ってしまった、という想像は、合理的ではありません。なぜなら、もし進一が犯人で、父親の陽二郎だけを殺害しようと思うのなら、家に火をつけて焼死させるという危険も被害も大きい手段を選ぶとは思えませんし、まんいち選んだとしても、小布施拓海が今にもやってきそうな、八時近くの時刻にわざわざ実行するのは不自然です。

それではやはり、進一は純然たる被害者で、記憶喪失は本物なのでしょうか。ところが進一は、対人関係や学校の勉強だけではなく、ピアノの弾き方も忘れてしまったことが報告されています。ぼくはもちろん、脳科学の専門家ではありませんが、常識的に、対人関係や出来事の記憶と、ピアノやその他の身体活動の記憶は、脳の違う部分に保存されていて、身体活動のほうの記憶は、言葉の使い方などに似て、簡単に削除されないのではないかと思います。これは自転車に乗る能力なども一緒で、調べてみるとメモワール・プロセデュラル、日本語で『手続き記憶』とか『技能記憶』と呼ばれている種類の記憶ですが、実際進一は自転車にはすぐに乗れて、円佳の家まで遊びに行ったことが知られています。そうであれば、過去の記憶がたとえよみがえらないとしても、ピアノの弾き方ぐらいは覚えていないとおかしいのではないか。本当に覚えていないのだろうか。いや、最初から覚えていないのではないか、だから忘れた振りをしているのではないか。

そうした疑問のプロセスを通じて、ぼくは進一のイダンティテ、アイデンティティに対する根本的な疑問にたどり着きました。つまり進一は外見上そっくりの他人と、火事を境にして入れ替わっているのではないか。

どうしてそんなことが起こりえたかよりも先に、起こりえたとすればどのような条件が必要だったのかを整理することが必要です。火事のあと、あまり顔に火傷をしなかった進一を見て、誰一人進一であることを疑わなかったのですから、入れ替わりうる他人がいるとすれば、まったく未知の土地に、一卵性双生児の兄または弟がいたに違いありません。その兄または弟が、火事を境に入れ替わったのではないだろうか。

当日火事が起きる直前の七時四十分ごろ、渡会宅から近い薬局の店主は、フードをかぶって歩いていく少年を、てっきり進一だと思ったそうです。しかし進一であるはずはない。喜三郎だけでなく、陽二郎も進一が在宅していると話していました。ですからその人物は、これから進一になりすます運命にあった双生児の兄か弟ではなかったのか。

そう考えてみると、進一と同年齢の少年で、函館・七飯以外の土地に暮らす人物は、捜査の過程で一人しか浮かんできていません。糸川豊です。そして豊は、少なくとも三つの点で、進一の身代わりとして有資格者だと考えられます。一つには、進一が糸川静代を訪ねた日に、母恋の交番の巡査が豊を見たと証言していることです。この証言は、薬局の店主とは逆に、巡査が進一を、日ごろ見慣れている豊と見間違えた結果だと判定することができそうです。

もう一つは、進一が静代を訪ねていった事実そのものです。豊が進一に入れ替わった場合、進一として退院してから、すぐにしなければならないことはなにかと言えば、母親と連絡を取ることでしょう。豊は不良少年として比較的自由に行動しながらも、母親のことだけは大切にしていた、という証言も出されています。まさに母を恋うるという意味の母恋の住民にふさわしい態度です。そうであればなおさら、早く母親に会って、詳しい事情を説明したいと考えるのも無理はないと思います。電話はときどきしていたと思いますが、やはり詳しいことは会って話さなければならないものですし、火傷の痕《あと》がどうなったのか、静代は母親として気になっていたに違いありません。

豊が本当に親思いの少年なら、そもそもどうして進一と入れ替わろうなどと考えたのか、という疑問がここで湧いてくるのも無理はありません。ぼくもそう考えました。その理由は、渡会家の火事のあいだに起きたいろいろな出来事の積み重ねにあったようです。ですけれどもその前に、進一がじつは豊であるというぼくの結論を動かしがたいものにした、第三のポイントについて触れなければいけません。

山背警部補が目撃して尾行した進一少年は、迷うことなく、すたすたと歩いて糸川静代のアパートに到着しました。ぼくも連れて行ってもらいましたが、入り組んだ路地の奥にある静代のアパートに、迷わずに到着できたということは、進一がそこを、最初からよく知っていたことを意味しています。あとで聞くと、進一は母親の紗栄子に頼まれて、はじめて糸川家を訪問したという説明でしたが、それは明らかにかれらの説明が嘘であることを証明しています。

そこでぼくは、進一少年は糸川豊がなりすました姿である、つまり二人は一卵性双生児であると確信しました。そうなってみると、嶋岡円佳が言っていた、火事の前の進一はイカのカルパッチョが大好きだったのに、火事のあとは食べられなくなっていたという事情も、ショックによる味覚の変化という、本当に起こるのかどうかわからない問題ではなくて、当然大きく異なる二人の食習慣の相違に起因するということが明白になります。もう一つの重要な根拠である進一のホクロについては、またあとで詳しく述べることにします」

聴衆である捜査本部の刑事たちのあいだに、身動きとひそひそ声の会話が起こっていたが、すぐに静まった。一同はジャン・ピエールの話の続きにあらためて集中した。

「こうして、二人が入れ替わっているという確信を得ましたので、ぼくは最大の関係者である糸川静代さんと、事情を知っている可能性の高い産婦人科医である渡会慶太郎さんを呼んでいただいてお話を聞きました。慶太郎さんが事情を知っていると推測した理由は、弟の陽二郎のDNA鑑定が話題になったとき、息子であるはずの進一のDNAを採取することに反対して、自分自身や喜三郎との兄弟鑑定を強く勧めたことです。

幸い静代さんは、泣きながらすべてを告白し、慶太郎さんもその告白を裏づける証言をしてくれました。それによると、静代さんは二十歳のときに、シングルマザーになる覚悟を決めて出産にのぞもうとしたところ、生まれてくる子どもが一卵性双生児であると告げられ、二人は育てられないと絶望してしまいました。すると世話をしてくれていた室蘭の産婦人科の先生、この方はもう故人だそうですが、赤ん坊の幸福という信念のもとに、養子を実子として届け出る、いわゆる赤ちゃんの斡旋《あっせん》をなさる方でした。しかも慶太郎さんの大学の先輩にあたっていて、慶太郎さんも当時その方の考えに賛同していましたから、慶太郎さんに話したところ、ちょうど子どもを欲しがっていた陽二郎と紗栄子の夫婦に、双児の一方を斡旋してはどうかという話がまとまりました。

慶太郎さんによれば、紗栄子は子どものできにくい身体だったけれども、子を持つことをとても急いでいた。だから妊娠しにくい身体だと言われただけで絶望してしまい、結婚後まだ二年にしかならない二十三歳の時点で、養子を実子として迎える決心をつけた、とのことでした。あとから見ると、紗栄子はその後も妊娠・出産することがありませんでしたから、そういう判断でよかったのかもしれませんが、ずいぶん養子を急いだ印象は残ります。

そういうわけで、室蘭のお医者の斡旋案に、静代さんも陽二郎夫婦も異存がなく、慶太郎さんは静代さんに会うことも、名前を聞くこともないままに、生まれた赤ん坊を一人受け取って、紗栄子さんが産んだ実子として届け出をした、ということでした。静代さんの手許に残った赤ん坊は豊と名づけられ、陽二郎夫婦がもらい受けた赤ん坊は進一と名づけられます。どちらもたがいの氏名や身の上については知らされないままだったということで、まったく切り離された二人の男の子の生活がこうしてスタートすることになります。

ただ一度、偶然の機会から、静代さんは赤ん坊の新しい母親である紗栄子に会ったことがある、とされています。紗栄子が家族で室蘭に旅行したとき、進一君が熱を出して、静代さんは豊君に使った薬が余っていると言って進一君を助けた、ということです。このエピソードは紗栄子だけから語られたもので、一卵性双生児が非常に近い時期に熱を出したという強度の偶然、しかも室蘭の母恋近辺で、二人が生まれて初めて最接近した日に一人が発熱して母親同士を引き合わせた、といううますぎる話の異様さ、これらにかんがみて、ぼくはどうも、このエピソードの信憑《しんぴょう》性は疑わしいと思っていますが、この点を解明するところまではまだ捜査が進んでいませんから、そのままにしておきましょう。この偶然の出来事が実際に起こったとしても、起こらなかったとしても、その後のかれらの生活には大きな変化はありませんでした。ともかくも豊少年は、渡会家の火事の日を境に、進一になって、必要に応じて豊にも戻るのですから、いわば進一と豊の両方になって、一人二役として生きていこうとしたのです」

俊介は顔を赤らめていた。ジャン・ピエールの語る真相が驚天動地《きょうてんどうち》だったからだけではない。進一が、つまり豊が、紗栄子の死の翌朝話を聞かせてくれたとき、小布施拓海のたくらみなどについて語りながら、一度か二度、「ぼく」と「おれ」を交ぜたしゃべり方をしていた。自分はそれを、度重なる衝撃から来る混乱だと見なしてやりすごしたが、ジャン・ピエールの話を聞いた今ならもっとよくわかる。あれは、昔から「おれ」を使っていた豊の本性が、「ぼく」のような上品な言葉遣いをする偽装された進一の仮面の下から、思わず顔を覗かせた場面だったのだ。混乱をもたらしていたのは衝撃ではなく油断だったのだ。

しかも自分は、このことをジャン・ピエールに伝えなかった。細かい言葉遣いの違いなので、関係ないと今まで思い込んでいたのだ。つまりジャン・ピエールは、自分よりもひとつ少ない手がかりで、想像もつかない真相に到達してしまったことになる。なんということだろう。俊介が見あげるジャン・ピエールは、まるで自分だけ別の空気を呼吸しているかのようだった。

5

「渡会進一と糸川豊は、それぞれの人生を歩んでいきます。豊の室蘭での生い立ちについては、まだよくわかっていませんが、母一人子一人のつつましい生活が続いたことを想像することは難しくありません。中学生時代には悪い友達と、無免許でオートバイに乗ったりしていました。中学校を卒業すると、札幌で喫茶店に勤めるなどして自活生活を送ってきたようですが、母親とはときどき連絡し合っていたようです。

ここから先のぼくの話は完全な想像ですが、起こった結果から逆算すると、その蓋然性《がいぜんせい》は高いだろうと確信することができます。豊は札幌で、喫茶店なのか酒場なのか、ともかく大勢の客に接する仕事をしてきましたが、一年たったころ、つまり去年のいつかに、函館・七飯方面から来た客と出会って、その客を驚かせることになります。きみは『わたらいワイナリー』の社長の息子の渡会進一ではないのか？　と尋ねられるわけです。違うと答えますが、あまりにも似ている。双児の兄弟でもいるんじゃないの？　と言われる。あるいはそんな経験が二度つづいたのかもしれません。普通なら、室蘭の母親に連絡して、事情を聞くところかもしれませんが、それをしたかどうかはわかりません。あるいはしたとしても、母親がどう答えたのか、本当のことを教えたのか、それとも知らないと言いつづけたのか、そこのところも判断は難しいです。ですが、その結果はだいたいわかっています。いっそう興味を掻き立てられて、豊は七飯の渡会進一の顔を、一度見てみたいと思うようになります。『わたらいワイナリー』の社長の家ですから、自宅を探すのは容易だったはずです。

結果から見ると、豊と進一が顔を合わせることは、火事の日までは起こらなかったように思われます。なぜならもしそんなことが起こっていたら、進一が円佳に話して噂が広がるなり、なにか特別な行動を起こすなりしていたに違いないのですが、そういった形跡は認められないからです。

豊が顔を合わせたとすれば、進一の母親の紗栄子だったのではないかとぼくは思います。紗栄子は慶太郎医師から授かった赤ん坊である進一には双児の兄弟がいると、あらかじめ聞いていたかどうかわかりませんが、聞いていなくても豊の顔を見れば、そういう事情だったことは見当がつきます。おそらく渡会宅の周辺をうろうろしている、進一と瓜二つの少年を見つけて、紗栄子はピンときて声をかけたのではないでしょうか。

ところが紗栄子は、進一に、かれが養子であることを伝えていなかったと思われます。なぜなら、もし伝えていれば、豊を歓迎し、進一に引き合わせることも起こりえたと思われるのですが、そういった種類のことはなにも起こりませんでした。むしろ逆に、紗栄子は去年のうちに豊に会ったけれども、まだ進一に真相を告げる心の準備が整わないので、しばらく進一には会わないでくれと、豊に口止めをしたのではないか、というのが、もっともありそうだとぼくが推測する出来事の流れです。紗栄子は豊に、口止め料としていくらかの金を渡したかもしれません。紗栄子と豊は、どちらももともと悪い人ではない、悪気のない人たちだったのに、二人の関係は、たまたま最初から口止めをし、される関係になって変転していくほかなかったようです。

要するに、火事に先立って起こったことは、豊が進一の家を見つけたこと、進一には会っていないがおそらく紗栄子には会ったこと、ただし紗栄子も豊も、その件は秘密にしていたこと、などです。そうした流れを推測することは、難しいどころかむしろ自然であるとぼくは思います。

こうして一月の二十日になり、豊はもう一度渡会宅へやってきます。このときの豊の心理状態はたいへん微妙です。同じ母親から同時に生まれながら、その母親のもとで育った自分が苦労を強いられてきたのに、もらわれていった進一が渡会家の庇護《ひご》のもとで、なに不自由ない生活を楽しんでいることに、豊はひそかに腹を立てて、放火殺人をもくろんだのではないかと、ぼくは一時的に考えてみようとしました。ですが、豊の犯行だと考えることにはいくつもの大きな無理があります。薬局の店主の証言を重く見るならば、豊が店主の前を通ったのが午後七時四十分ごろですから、そのまま歩いて渡会家に到着するのは七時四十五分ごろ、火災の通報の十分前です。その時刻には、すでに居間の床には火がついていたか、あるいはその直前だったことになります。陽二郎・進一の親子と初対面である豊にとって、そんな短いあいだに睡眠薬の入ったコーヒーを両者に飲ませ、火をつけることは不可能です。

それに、豊が怒りに任せて放火したのだとすれば、豊自身があれほどの火傷を負う結果になった理由がわかりませんし、そもそも最初の前提である豊の怒りも、いきなり放火殺人をするほど、狂気じみて高まっていたとは、ぼくには考えられませんでした。

もちろん最大の問題は、豊が怒りに任せて陽二郎・進一親子を焼死させたのなら、進一の遺体も現場から発見されるはずなのに、それが出てこなかったのはなぜか、という問いに突き当たることです。では豊は、進一の遺体を隠したのだろうか。なんらかの方法で意識を失わせ、すぐに屋敷から運び出して、見つからないところへ移動したのだろうか。ぼくはそういう方向も一度は考えてみようとしましたが、やはり無理でした。雪の中に余計な足跡は残っていませんでしたし、相変わらず豊自身のひどい火傷の説明がつかないからです。

他方で、喜三郎の犯行だと考えれば、すでに言いましたように大きな矛盾は生じません。そこでやはり、火事は豊とは無関係に、喜三郎のトリックによって起こされたもので、たまたま出火の時刻ごろに、豊が渡会家を目指してやってきたのだ、という出発点を、あくまでも守って考えを推し進めるほかはないと結論づけました。

つまり、豊は渡会家の火事の、第一発見者だったと考えるわけです。それが時間的にも、もっとも自然な理解であるように思われます。それはおそらく、火が窓の外へあふれ出して通報が行われる五分ほど前でした。煙がいくらかドアや窓から漏れてきていたのではないかと思います。チャイムを押すまでもなく、緊急事態だと考えて豊はドアを開けて中に入ります。そのとき、玄関から近い居間ではさかんに火が燃えだして、すでに陽二郎と進一はぐったりして、火が燃え移っている状況だったのでしょう。はじめて出会った自分とそっくりの兄弟が、まさに燃え尽きようとしている現場を豊は目にすることになります。

そう考えることによって、豊の次の行動と結果がもっとも自然に、合理的に説明されるのではないでしょうか。すなわち、豊は火事を消すのはもう無理だ、せめて双児の兄弟、進一だけでも助けたいと思ってただちに行動に移ります。薬局の主人が進一だと見間違えた豊は、フードのついたコートを着ていましたが、意識不明で発見された豊はコートを着ていませんでした。それが、かれが外部からの侵入者だと判断されなかった理由の一つですが、豊は急いでコートを脱いで、進一の身体から出ている炎を、包んだり叩いたりして消そうとしたのだと思います。誰でもするだろうような行動です。それでも火が消えなかったので、豊は次に、自分の身体に火が移るのにもかまわず、両手で進一を抱えて外に出ます。そして進一と自分自身を冷やすために、雪がもっとも高く積もった場所までよたよたと歩いて、雪の中に進一を置き、冷えるように雪をざっとかぶせると、自分もその脇に、力尽きて倒れ込んでしまったのです。豊はせめて進一を助けたかったのです。そうでなければ、それさえなければ、とりあえず現場から逃げ出して、あとからいくらでも自分の利益になるような行動を取ることができたのに、豊は燃えている進一をあえて抱え上げたのです。そのときすでに、進一は死んでいたかもしれません。それでも、火事の中で燃え尽きるよりはマシだと、豊はとっさに判断したのでしょう。

では現場で、どうして進一の遺体は発見されなかったのか、疑問はそちらへ移ります。大勢の方がすでにお気づきだと思いますが、豊が倒れていた、家の裏手の倉庫の前の場所は、両方の建物の雪が落ちて高い、柔らかい山になりやすい一角でした。その雪の山に進一は横たえられ、柔らかい雪の中に沈み込みます。豊も、進一を抱きかかえてここまで来るあいだに腕や胸にたいへんな火傷をしていますから、すぐにその脇に気絶して倒れます。そのころ、火はますます燃え盛って窓から噴き出し、通報が行われたのではないでしょうか。消防が駆けつけて倒れている豊に気がつくまでに約十分か十五分ほど、そのあいだに降りしきる雪は、沈み込んだ進一の身体をうっすらとなだらかに覆って、元の山のかたちを復元していきますから、誰にも発見されませんでした。残念ながら進一は、もう身動きひとつすることもなかったのです」

自分もあの現場を見た、と俊介は思い返した。進一が——実際には豊である少年が倒れていたとされる場所の隣りには、たしかに一メートルを超える雪がこんもり盛り上がっていた。そこにもう一人埋もれていたとは、想像もしなかった。あれを見た消防士も鑑識も、誰一人想像しなかったのに、このフランス人の青年は、現場写真を見ただけで、そんなことまで想像したのだ。いや、想像ではなく、見抜いたのだ。なぜならそれ以外に、豊が進一と入れ替わる機会はなかったからだ。

6

「こうして豊は、進一として病院へ運ばれます。五日後に目を覚ましたとき、おそらく豊自身が口を開く前から、自分が進一だと思い込まれ、扱われているのを知ります。それでは豊は、しばらくのあいだ黙って周囲を観察したあと、この機に乗じて進一になりすまし、人々を騙《だま》しつづけようと計画したのでしょうか。

瀕死の重傷から意識を回復したばかりの豊が、突然そんな大それた計画に乗り出すというのもどうも不自然な気がします。渡会家の居間で燃えつつある進一を発見した瞬間に、入れ替わりのアイデアがひらめいた、と考えるのも、さっきも述べましたように、同様に不自然ですし、進一の遺体を隠す場所が家の裏手の雪の中、というのはあまりにも安易です。そこに進一の身体を横たえたとき、豊は進一が自分と一緒に発見されないなどとは夢にも思っていなかったに違いないのです。なにしろ自分自身と、一メートルも離れていないくらいだったのですから。

いずれにしても、もし豊に人々を騙す意図があったなら、せめて退院するまで様子を見つづけ、自分が進一の身体をどこへ運んだかについて、口を閉ざしていたはずです。ところが実際には、豊が意識を回復した翌日の夜、陽二郎の通夜の夜であるにもかかわらず、紗栄子は自宅の焼け跡に一人で戻り、ボールを捜しているという口実のもとで、家の裏手の雪山を、大部分別の場所へ移動させてしまったのでした。そのとき紗栄子が進一の遺体を発見したことは確実です。紗栄子はそれを倉庫へ運び、だからこそ倉庫に新しく南京錠をかけて、誰にも開けられないようにしたに違いありません。紗栄子のその行動によって、ようやく進一と豊の入れ替わりは一応完成することになったのです。

進一の遺体は、四月に紗栄子と豊の新居が完成するまでそのまま倉庫に放置されました。函館の冬ですから、そのころまで腐敗がはじまる心配はなかったと言っていいでしょう。ただし新居に引っ越しをしたあと、二人は一日も早く遺体を埋葬しなければなりませんでした。荷物も解かないうちに畑を作り出したのは、そういう事情があったからです。土を掘って進一を深く埋め、そのあとを畑にしたのだと思います。今朝、鑑識の方々にご苦労いただいて、あそこを掘って進一の遺体を発見していただいたそうで、どうもありがとうございました」と言ってジャン・ピエールはゆっくり一礼した。畑の掘り返しにはもちろん俊介もつきあったし、豊もつきあわせていた。

「ということは、以上の推論を逆算してみますと、豊は意識を取り戻すとまもなく、泣きながら顔を寄せた紗栄子に、じつは自分は進一ではなくて豊であり、進一は――たぶんすでに遺体になっているだろうけど――家の裏手の雪の中に横たえてある。自分は助けようと思ってそこまで進一を運んだのだけれど、そこで気を失ったのであとのことはわからない、と正直に告白したに違いありません。またそうした推定が、今まで述べてきましたような、ここに至るまでの豊の行動についての推測を、いっそう確かなものにしていると思います。

したがって、豊がさっそく明らかにした真相を、あえて口止めして隠そうとしたのは、ふたたび紗栄子だったに違いありません。彼女は周囲の誤解をそのまま利用して、豊が進一になりすますように説得し、記憶喪失を装わせることに決め、しかもその日のうちに本物の進一の遺体を隠すようなことまでしたのです。どうしてそんなことをしたのでしょうか。この点を同時に追及しなければならないことは明白です。

もちろん、紗栄子は火災と夫の死にショックを受けていて、かろうじて助かったと思って三日間見つめつづけてきた息子を、どうしても失いたくなかっただけなのかもしれません。急に独りぼっちになることには耐えられないと、豊を説得したのかもしれません。でもどうも、それだけではないようにぼくには思われました。

子どもを手放したくない紗栄子の心境を推測する手がかりは、多くありません。というより、母親が子どもをかわいがるのは当たり前のことですから、そこになにか特殊な理由がつけ加えられているとは、なかなか気づかないものです。ここでぼくがかろうじて目を向けたのは、結婚してまもなく、紗栄子があまりにも急いで子どもを欲しがったことでした。この点も、結婚した以上子どもをもうけたいと望むのはごく普通だと、片づけることもできるのですが、紗栄子は実際に妊娠したわけではなく、実子としてですが進一を養子に迎えたのは陽二郎と結婚した二年後なのです。妊娠しにくい身体とはいえ、不妊治療その他の努力を、もうすこし続けてからでも遅くなかったのではないかと、感想を持ってもいいとすれば、どうしてそんなに急いで子どもを手許に置きたかったのか、という疑問が生じます。そうなりますと紗栄子にとって子どもの問題は、進一をもらい受ける前から生じていた長年の課題で、現時点においても解決されていないために、豊少年を前にして、嘘でもいいから我が子の振りをしつづけてほしいと願うことになったのではないかとも思われました。

その問題とは、財産でもなく、陽二郎との夫婦関係でもないわけですから、別の人間関係だろう、つまり皆さんも最後の事件から見当をつけておられるはずの、三男喜三郎との恋愛関係だろうという推測が成り立ちます。ただし、皆さんがもしかすると想像しているように、紗栄子がじつは喜三郎を深く愛していた、というのが真相なのではなく、じつは喜三郎を、できるだけ近づけたくなかった、喜三郎を遠ざけておくための口実として、子どもを使わなければならないほど、紗栄子は喜三郎を嫌がっていた、あるいは恐れていた、というのが、かれらの関係の真実ではないかと思われたのです。喜三郎が京都から戻ってくるとき、どうか入社させないでくれと、紗栄子が阿藤邦彦専務に迫ったというエピソードがここで思い出されます。あまり強く言うとなにかあったのかと勘繰られるから、それもできない、夫にも言えないけど、自分としては喜三郎を七飯に呼び戻さないでほしいと、紗栄子がひそかに願っていた様子がうかがわれます。

喜三郎を嫌っていたなら、ただ相手にしなければいい、しつこければ夫に言って遠ざけてもらうこともできる。普通の男女関係であれば、もちろんそんなふうに進行したでしょうが、紗栄子と喜三郎とのあいだには、別れるに別れられない、喜三郎の熱情をむげに退けられない、ねじれた事情がもちろんありました。その事情こそが、二十二年前の室蘭の轢き逃げ事件だったのだろうと思います。喜三郎が京都へ行く直前に紗栄子とドライブに出かけたとき、なにか異常があったことは、当時喜三郎の友人だった小森浩司さんに、行ったはずのドライブに行かなかったと言うなど、怪しい点があるので想像はつきますが、それが国道での轢き逃げだったことは、室蘭南署の山背警部補の捜査が明らかにした通りです」

山背警部補は遠慮してか部屋の後方に、湯ノ川署の長岡と並んで座っていた。ジャン・ピエールの説明会というのははじめてなので、山背は目を丸くして一生懸命メモを取っていた。

7

「ただし、この事件が今まで述べてきましたような、喜三郎と紗栄子の長年にわたるねじれた恋愛関係を引き起こすためには、轢き逃げ事故を起こした運転手が喜三郎ではなくて紗栄子だったと考えるほうが自然です。また、そう推測させる間接的な証拠もいくつかあがっています。すなわち、紗栄子が当時免許取り立てだったこと、喜三郎が紗栄子をドライブに誘うとき、ベンツではなくて日本車のセドリックを選んだこと、そして喜三郎が京都にいるあいだも、毎年被害者の命日が近づくと犯人が北海道から見舞い金を送りつづけていたこと、最後に、紗栄子がすぐに運転を諦めて、二度とハンドルを握ろうとしなかったことです。これらを総合すると、紗栄子が被害者と衝突してしまったけれども、喜三郎と相談した結果、その場にとどまらず、救急車を呼ぶだけにした、というのが真相だったことになりそうです。

　地元の人に目撃された二人の様子からすると、紗栄子はすっかり動転してうずくまっていました。代わりに喜三郎が救急車を呼ぶ電話をかけて、『すぐ来るってさ、紗栄子』と元気づけるように言いました。その後は喜三郎が運転して七飯に帰り、翌日念のために、わざわざ遠い亀田本町の修理工場にバンパーの修理を依頼した、ということのようです。

　その事故の時点で、二人の関係がどのようなものだったか、これは想像するしかありませんが、知り合って間もないこと、喜三郎がすぐに京都へ行く予定だったこと、喜三郎がいなくなってまもなく、紗栄子が陽二郎とつきあいはじめたこと、などから判断すると、比較的浅いものだっただろうと想像されます。ところが、事故の責任を取らないで轢き逃げをする、という一瞬の判断が、二人の立場を変えました。二人は共犯者という、秘密の絆《きずな》を共有することになったわけです。

どちらが現場をただちに離れることを主張したのか、それはわかりませんが、少なくとも喜三郎は、あなたが起こしたこの事故のことは、生涯誰にも口外しないと、紗栄子に誓って安心させたに違いありません。紗栄子を本気で愛しているとさえ、言ったかもしれません。その気持ちに嘘はなかったでしょうが、現実にはそれは、紗栄子の弱みにつけこんで相手の応答を強要するはしたない行為と大差ありませんでした。どこの国でも、いつの時代でも、愛情ははしたなくなりえるし、応答と強要のあいだの差をわかりにくくするものだと思います。

二人がそのような関係にあったことを示す唯一の証拠と思われるものが、喜三郎がその後撮影しつづけた紗栄子のヌード写真集の最初の一枚です。ぼくもそれを見せてもらいました。当時の紗栄子の髪型——日本ではソバージュと呼ぶようで、これはもちろんフランス語なのですが、フランスで髪を形容するときと、意味がちょっとずれている気がします。ただ、髪型のことはぼくもよくわかりません。ともかく紗栄子のそういう髪型が、轢き逃げ事件の夜に目撃された髪型と一致しているので、その夜から遠くない時期、翌日あたりに、撮影されたのではないかと推測されます。というのも、三、四日後には、喜三郎は京都へ出発する予定でしたし、紗栄子は喜三郎に会うために京都へ行っていませんから、そのときしか撮影の機会がありません。また、写真の中の紗栄子の表情にも、いかにもはじめて、心ならずもヌードモデルをさせられた驚きと悲しみが、そのままあらわれているように見えます。その日の前後に二人が肉体関係を結んだかどうか、さすがに写真からはわかりませんが、紗栄子のヌード写真を大切にしていた喜三郎から見れば、それはどちらでもよかったのだろうと思います。

念のために言いますと、もしこの時点で、紗栄子のほうも本気で喜三郎を愛していたなら、実家の財政問題があったとはいえ、まもなく陽二郎とつきあいはじめて二年後に結婚する必要はないでしょうし、ましてやその二年後に養子をもらう必要もありません。ですからやはり、紗栄子はただ自分のしたことにおびえ、喜三郎におびえていたのだろうと考えられます。だからむしろ、結婚も養子も、自分を妻や母親という身分に縛りつけて、喜三郎の思う通りにはならないための口実、防御のための壁という側面があったのではないでしょうか。

紗栄子は、陽二郎と結婚するに際して、喜三郎の許可を得たに違いありません。財産のない喜三郎は、結婚にこだわるつもりはなかったようです。自分はどうせ京都か東京か、カメラマンとしてやっていける場所に暮らすのだから、ときどき紗栄子に会えるだけで、肉体関係を結び、ヌード写真のモデルになってもらうだけで、満足だとでも答えたのでしょう。いくらか不思議な、芸術家的な感じのする愛し方でしたが、それはそれで、轢き逃げ事件の秘密さえ裏に隠し持っていなければ、ときおり見かける、たとえば芸術家とモデルとの愛情関係ではありえただろうと思います」

ジャン・ピエールの説明のあいだに、紗栄子の最初のヌード写真が、捜査本部で回覧されつつあった。しかたのないこととはいえ、次々に男たちの視線にさらされる若き日の紗栄子の裸身が、俊介には気の毒でたまらなかった。すでに紗栄子が故人であることを思い起こして、懸命に自分の気持ちをなだめるしかなかった。

8

「喜三郎が写真家として成功せず、七飯に戻ってくることによって、二人の関係は復活することになったはずです。二人とも注意深く行動していました。表面上は仲が良くないようにふるまっていましたし、おまけに紗栄子は喜三郎と頻繁に会うことを望んでいなかったので、陽二郎その他の人々が二人を疑うことはありませんでした。さらに念を入れて、喜三郎は多くの女性と交際し、そのうちの北都留奈々子とは結婚してもかまわない成り行きでしたから、ますます二人はひっそりと秘密の関係を維持していくことができました。タクシーの運転手たちに知られることはあっても、それ以上に噂が広まることもなかったようです。

こうしておよそ十年がたち、去年になって、ふとした偶然から陽二郎が、昔の喜三郎の交通事故のことを察知します。室蘭の轢き逃げ事件だとは陽二郎もまだ気づいていなかったでしょうが、喜三郎は自分たち二人の身の安全を守るために、陽二郎を殺害することをくわだてます。陽二郎と一緒に昔の事故について耳に入れた進一も、巻き添えにするチャンスをうかがうことになります。

このすばやい、暴力的な対応の背景には、昔、二人の秘密の絆が形成された当時には予想もしていなかった、二人の生活や考え方の変化があったように思われます。長い時間がたっていますから、当然のことです。喜三郎はカメラマンの夢を諦めて七飯に帰ってきました。自分はカメラマンとして今後、京都か東京で暮らしていくから、紗栄子はこちらにいて、結婚してもかまわない、ときどき会ってくれればいい、と言い切ったはずの予定が狂って、今では会おうと思えば毎日でも会える立場になったのに、紗栄子は相変わらず兄の妻として幸福そうに暮らしているのですから、喜三郎の側に焦《あせ》りが生じたとしても不思議ではありません。その焦りが、狂気のような計画をもたらしたのではなかったでしょうか。

ぼくは喜三郎が、この放火殺人の計画を、事前に紗栄子には打ち明けていなかったと考えます。もし打ち明けて、オーケーを出すほど紗栄子が喜三郎に夢中だったとすれば、ぼくの今までの話の前提が崩れてしまいますが、同時に、火事のあと九死に一生を得た少年が進一ではないとわかった瞬間に、進一の振りをさせつづける芝居など、紗栄子には必要がなかったはずなのです。豊に謝礼を与えて室蘭に帰してやれば、あとは紗栄子と喜三郎だけが残る。もし紗栄子がそう望んでいたなら、それは容易に実現することができたはずです。

火事のあとで、喜三郎が自分の犯行だと打ち明けた可能性はないわけではありませんが、その場合でも、二十年に及ぶ結婚生活を崩壊させたこの犯罪を、紗栄子が黙って見逃しただろうとは思えません。過去の自分の轢き逃げになどかまっていられないほど取り乱しても、つまり喜三郎のことを訴え出て逮捕されるように動いたとしても、不思議ではなかったはずなのですが、そうしたことは起こりませんでした。

一方喜三郎は、進一が——実際には豊ですが、ここは進一として話していきましょう。進一が命をとりとめたと知ると、看病の口実のもとで毎日のように病院に来て、様子をうかがっていました。目を覚ました進一が、火災発生の状況を克明に思い出してしまえば自分は一巻の終わりだと、承知していたからです。喜三郎が病院に来なくなったのは、目を覚ました進一が、完全な記憶喪失であると判明してからでした。こうした喜三郎の行動からも、かれが自分の犯行について、紗栄子にも誰にも打ち明けていなかったことが想像されると思います。

むしろ喜三郎は紗栄子に対して、自分ではないと言い張ったでしょう。火災はたしかに自分たちの利益になったけれども、自分がやったのではない、自分にはアリバイがあると、言わなければならない局面がおそらく生じただろうと思います。それでも紗栄子は、喜三郎が怪しいと直感し、自分の身を守らなければならないと必死で考えて、進一の生存という希望に、あるいはそのアイデアに、すがることにしたのだと思います。殺人鬼の接近に単身で向かい合うような恐怖を覚えて、せめて進一をそばに置くことによって、すこしでも喜三郎とのあいだに物理的に、心理的に距離を取ろうとしていたわけです。

ただ、このアイデアには不安がつきまとっていました。喜三郎が犯人なのだとすると、進一の記憶喪失も、喜三郎から見れば、いつ突然回復するかわからないので、気が気ではないはずだ。この不安を消し去るためには、喜三郎としては、進一をあらためて殺害するしかないだろう、と紗栄子と進一の親子は考えます。紗栄子は自分でも注意するし、進一にも十分注意するように言ったはずです。たとえば、喜三郎が勧める食品を安易に口にしないことがまず大切です。喜三郎が『わたらい』のアイスクリームを持って訪れたとき、紗栄子がそれを進一に食べさせようとしなかった小さなエピソードが、ここで思い出されます。

そんなふうに警戒しながら二人で話し合ううちに、どんな結論が出てきたでしょうか。もしこの二人体制、つまり紗栄子と豊の偽装された親子の体制を維持しなければならないのなら、喜三郎に殺害される前にこちらから殺害してしまうほかない、という結論にならなかったでしょうか。これが、最後の心中事件のきっかけをなした枠組みではなかっただろうかとぼくは考えていますが、その前に嶋岡円佳の事件についても触れておかなければなりません」

聴衆から思わず小さな唸り声があがったが、それは笑いを誘わなかった。たしかに何重にも巻きつけられたコイルのように、今回の事件の謎は深くて入り組んでいる。

9

「今度は、進一になりすまして記憶喪失を偽装しつづける豊について考えてみましょう。豊は悪意なく、むしろ進一を助けたいという善意から火事に巻き込まれ、病院で目が覚めた、というのがぼくの話の前提でした。それが、目を覚ましたその日のうちに紗栄子に進一の遺体について話し、紗栄子が遺体を倉庫に隠すために夜遅く一人で自宅の焼け跡に行くことができた理由です。当分のあいだ、記憶をなくした進一としてふるまってくれ、室蘭のお母さんとはもちろん連絡を取っていいし、そのほかのことは問題ごとに考えて対処するから、お願いだから一人にしないでくれ、私に執着しつづける喜三郎から私を守ってくれ、今までも進一がいたから、なんとかあの人に振り回されずにやってこられたのだ、そういうふうに紗栄子に頼まれて、豊は諒承します。最初のうちはおどおどしていたかもしれませんが、病院にいますから当面問題になることはなく、包帯が徐々に外れるころには豊も慣れて、すっかり進一になったつもりで日を送っていたことでしょう。

ところが、不幸なことに、豊の前に美しい少女が現れます。火事の前から進一のガールフレンドだった円佳です。彼女はけなげにも、進一の記憶喪失を、自分の力でなんとか回復させようと考えたのでしょう。豊が退院するとさっそく自分の部屋に呼んで、おそらく裸になってベッドに並んで横たわります。自分の身体が、あるいはそれが掻き立てる欲望が、進一の記憶に残っているのではないかと期待したのでしょう。

豊のほうは、もちろん思い出すことなどなにもありませんが、事情がどうだろうと、美少女が進んで身体をゆだねてくれる状況を、若者として拒むことは難しかったでしょうし、拒んでしまってはかえっておかしなことになると心配したのかもしれません。火事の前、進一は円佳を自由に抱いていたのだろうから、自分も当然それをしていいわけだと、豊は自分に言い聞かせて、自分自身も裸になったのだと思います。

おそらくこのようにして円佳は、進一の身体のどこか、火傷とは関係のなさそうな場所に、ホクロがなくなっていることに気づきます。あとで母親に、『ホクロって、できたり消えたりするよね』と尋ねたのは、そのときの驚きを伝えているのではないでしょうか。火傷のショックでホクロがなくなったと考えた可能性もありますし、進一のアイデンティティを疑うところまではいかなかったでしょうが、なにかホクロに関するやりとりがあって、豊のほうは、もしかすると自分が進一ではないことがバレたかもしれない、と考えるようになります。

もうひとつは、さっきも言いました、イカのカルパッチョです。ボーイフレンドのために張り切って作った好物が歓迎されないので、円佳はがっかりして、あとで小布施汐里に話すことになります。このときも、進一としてふるまう豊と円佳のあいだに、なんらかのやりとりがあって、豊はバレたのではないかという不安を膨らませます。

軽率にガールフレンドの誘いになど乗るべきではなかったと、豊は後悔したでしょうが、時すでに遅しです。どうしたらいいか。これからも進一として生きていくためには、円佳を殺害するほかないのではないかと豊は考えるに至ります。性急で軽率な考え方に見えますが、このときすでに、すべてを諦めて豊として室蘭や札幌に帰ることは、豊の選択肢の中にはなかったのだろうと思います。それほど進一としての生活が楽だった、という事情もあるでしょうが、それ以上に、別人になりすまして生きていくことが、豊の中で、快感のようなものに変わっていたと見ることもできます。この第二の人生を、思う存分味わってやろうと、豊はすでに決めていました。その決意は豊にとって、純真な少女の生命よりも大きなものでした。どうせあいつは進一の彼女だ、おれを進一と思っているからこそなんでもしてくれるのだ、と豊は心の中でうそぶいていたのでしょう」

10

「進一がじつは豊であるという認識に立てば、円佳殺害の事情は比較的容易に理解できます。豊は進一と違って、中学生のころからオートバイに乗り慣れていて、火傷がある程度残ったままでも、室蘭へオートバイで行くぐらいのことは難しくありませんでした。というより進一になりすました豊は、自分がオートバイに乗れるのではないかと疑われないように、もともと実際以上に体調の回復が遅いように見せかけていたのだと思います。

豊の免許証は、火事のときに焦げただけで済んだジーンズの後ろポケットの財布に入っていました。それを紗栄子が病院で受け取って、保管していたのだと思います。すぐに中身を見れば、目の前の少年が進一ではなくて豊だと、その時点で紗栄子は気づくことができたでしょうが、その後の流れは同一です。豊が目を覚ますやいなや、紗栄子は豊に顔を近づけて、『あなたは誰なの?』と尋ねたかもしれません。そうなればますます、豊は真相を告白しやすかったかもしれません。いずれにしても、その後豊は進一になりましたから、三月の時点で紗栄子は、円佳を殺害する豊の計画にも、納得して参加するほかありませんでした。

事件当日の三月二十三日、豊と紗栄子のアリバイは、八時すぎまで回転寿司に行っていたこと、それから九時から十時半まで紗栄子の旧友たちが訪ねてきたことによって成立していました。ところが、じつはその合い間を縫うようにして、オートバイを駆使することによって、豊が円佳殺害を行うことは十分に可能でした。

肝心のオートバイは、おそらくカワサキの二五〇ccなのでしょうが、豊が札幌で乗っていたもので、直前に札幌まで行って乗って帰ってきて、新函館北斗駅の駐車場、あるいは付近にある契約駐車場を一時無断で借りて停めておきました。札幌まで往復するのは面倒だったでしょうが、レンタカーを借りるよりは安全ですから、そちらを選んだだろうと思います。高速道路の通行車輛をチェックする監視カメラのシステムは、オートバイまではなかなか捕捉できませんから、その点でも豊は安全だったと言うことができます。

準備と言えば、あらかじめ室蘭の母親、静代に電話をかけて、二十三日夜の豊のアリバイを作っておいてくれるように依頼します。具体的には、札幌白石区の豊の部屋に行って、豊と一緒にいたように見せかけてくれ、と頼むわけです。静代は気をきかせて、近くのそば店から鍋焼きうどんを二つ注文して、届けに来た店員と雑談して、それらしく見せかけました。もちろん静代は、鍋焼きうどん二つは食べきれなかっただろうと思います」

軽いユーモアのつもりだったかもしれないが、誰も笑わなかった。むしろジャン・ピエールが、そんなユーモアを挿入するほど落ち着き払って細かい点に目配りしていることに、全員が驚いていたのではないだろうか。

「さて、円佳のほうですが、円佳は五時半に室蘭駅で目撃されていますから、そのまま東室蘭に出れば、八時二十三分に新函館北斗に着く特急で帰ってくることが可能です。帰ってきたらちょっと会いたいと、あらかじめ豊は円佳に言っておくのです。新函館北斗駅で円佳を迎えると、予約しておいた駅前のホテルに誘って、部屋に入るとすぐに円佳を絞殺します。遺体をその場にいったん放置して、八時四十分ごろにはホテルを出られるでしょうから、母親の旧友たちが訪ねてくる九時よりも前に家に帰り着くことが可能です。十時半に旧友たちが帰ると、今度は紗栄子の協力が必要です。紗栄子をオートバイの後ろに乗せて新函館北斗駅前のホテルに戻り、二人で円佳の遺体を部屋から運び出して、今度は円佳の遺体を後ろに座らせ、腕を豊の胴体に回して外れないようにひもで縛ります。円佳の手首のひもの痕はこうしてできたわけです。円佳にももちろんヘルメットをかぶせて、豊の背中に寄り添わせます。これで仲のいいカップルが普通にドライブをしているように見えることになります。十一時半には出発することができるでしょう。

このようなオートバイによる遺体の移動を疑わせる重要な材料は、絞殺されるときに円佳が抵抗して自分の頸部につけた爪の傷です。首を絞めるひもを外そうとした両手の爪の傷は、ほぼ円佳の左右の耳の下についていました。ところが手首を縛られた状態では、両手を無理に開かなければ左右の耳の下に手を当てることはできませんから、首を絞められたとき、円佳は手首を縛られていなかったと考えるのが自然です。言い換えれば、犯人が円佳の手首を縛ったのは、殺害を容易にするため、あるいはそれよりも前の目的のためではなかった。それ以後の目的のために、犯人は円佳の死後、彼女の手首を縛ったことがわかります。それは遺体の移動という目的以外にはありえないわけです。

円佳を乗せた豊のオートバイが室蘭地球岬に到着するのは、午前二時近くになります。午前一時半ごろ、カワサキの二五〇ccのオートバイに乗ったカップルが地球岬のほうへ向かった、という目撃証言は、まず間違いなくこの二人を指していたのだと思います。二人ともフルフェイスのヘルメットだったので人相はわからないとのことですが、じつは後ろに乗っていたのは死者だったわけです。また地球岬界隈は豊の地元ですから、どこに監視カメラが設置されているか、不良少年だった豊が熟知していたとしても不思議ではありません。

地球岬で、遺体の手首のひもを切り、注意深く草むらに遺棄し、あらかじめ買っておいた遅い時間の特急券を円佳のポケットのパスケースに入れます。あ、そのとき円佳の爪に、黒いカシミアの繊維を引っかけておくことも忘れないようにします。この繊維は紗栄子が喜三郎のセーターから取っておいたものだと考えられますから、やはり彼女が喜三郎を嫌い、かれに警察の注意が向くことを、むしろ望んでいたことを示しています。喜三郎が当日小樽へ出かけることを、紗栄子は聞いて知っていたのでしょう。そのことも、この日に殺害計画を実行する理由のひとつになったのだと思います。

作業をすべて終えて、豊が現場を離れるのが二時すぎでしょうか。いったん札幌へ行ってオートバイを元の場所に戻し、それから六時の特急で新函館北斗に戻ります。自宅に帰る前に、ホテルの部屋の点検とチェックアウトも済ませたことでしょう。身体がまだ元通りにならない豊にとって、これは一晩をかけた大冒険、大旅行でしたが、なんとかやりとげて、あとは円佳遺体の発見のニュースを待つだけとなります」

ここでジャン・ピエールはまた言葉を休めて水を飲み、それから腕時計を見た。

「すみません。そろそろ終わりにしたいところですが、もうひとつ事件が残っています。ぼくもがんばりますので、もうすこしがまんして、聞いていただけたらと思います」

そんなこと、言う必要ないのに、と思って俊介は胸が締め付けられたが、気遣いをするようになったところが、ジャン・ピエールが大人になった証《あかし》なのかもしれないとも思った。

11

「こうしてようやく、四月二十九日深夜の紗栄子と喜三郎の事件に至りますが、最後のこの事件は、二人の心中に見えて、じつはすこし複雑な殺人事件であることを立証したいと思っています」と言って、ジャン・ピエールは微笑を浮かべて一同をちらりと見た。会議室ではひそひそ声があがり、だがすぐに完全にやんだ。

「円佳を殺害してから一か月、紗栄子と豊は、勢いに乗ってと言うべきでしょうか、やはり喜三郎を殺害してしまわないうちは安心できないという結論に達したようです。さっきも言いましたように、豊がなりすましている進一は、いつ記憶を取り戻すかもしれない、その前に進一を殺してしまいたいと、喜三郎は考えていると思われたからです。陽二郎が亡くなってから、紗栄子は喜三郎との密会の頻度を上げたように思われますが、それは喜三郎殺害のチャンスをうかがうためと、他方で進一はまだまだ記憶を取り戻しそうにないことを喜三郎に伝えて安心させるためだったと考えられます。

喜三郎の部屋で焼き肉をやろうという話が出たので、このときがチャンスだと二人は判断しました。つまり、二人で話し合ったところでは、計画は次のようなものでした。ビールに睡眠薬を入れて喜三郎を眠らせ、七輪の火と灯油ストーブの火で一酸化炭素中毒を起こす。紗栄子もすこしはビールを飲まなければならないので、眠くなるかもしれないが、なんとかがまんして、あとは持参のハトムギ茶を飲んでごまかしておく。ハトムギ茶を常用していることは喜三郎も知っている。喜三郎が寝ついてから窓を密閉し、自分だけ新鮮な空気を吸うように別の部屋の窓辺に寄ってじっとしている。明け方になって喜三郎の死が確実とわかったら、紗栄子は目を覚ました振りをして、大あわてで窓を開け、救急車を要請する。

自分が一緒に死んでしまわなかった理由は、途中で目が覚めかけて、気分が悪くなったので無意識のうちに這って隣りの部屋の窓際まで行って、そこで新鮮な空気を吸ったらまた寝てしまった、喜三郎は見えなかったのでどこかへ行ったのかもしれないと思っていた、とでも言えばいい、と紗栄子は考えていたでしょう。もし喜三郎の遺体が解剖されれば、体内から睡眠薬が検出されるでしょうけれども、そうなればかえって、喜三郎が紗栄子を眠らせて自分も眠り、一緒に中毒で死んでしまおうと無理心中を図った結果ではないかと警察は考えるだろう、と二人は先を読んでいました。睡眠薬はおそらく、過去に紗栄子が手持ちの薬を分けてやったもので、陽二郎と進一を眠らせるのにも、喜三郎はそれを粉末あるいは水溶液にして使っただろうと紗栄子は推測していましたから、それを通じて、喜三郎の無理心中の動機も、警察はなんとなく想像するに違いない、という計算だったのです。

なぜこんなことまで推論できるのかと言いますと、今まで述べてきましたように、豊と紗栄子は共犯である。紗栄子は喜三郎の自分に対する執着を嫌悪している。豊は進一と思われていますから、記憶を取り戻すかもしれないというので喜三郎に生命を狙われていると考えている。こうした前提と、現場の状況から考えて、事故または喜三郎の無理心中を想定しつつ、喜三郎だけを殺害して、紗栄子は生き延びる、というのが、かれらの当初の計画だったに違いないからです。紗栄子には自分から死ぬ理由はありませんし、ましてや喜三郎と一緒に死ぬなど冗談じゃない、という気持ちだったはずです。

ところが実際には、二人は座卓をはさんで息絶えていたので、ここにもなんらかの別の要素が関係してきます。その別の要素を考える上でもっとも有益だったのは、紗栄子が持参したハトムギ茶のボトルでした。というのも、ボトルのお茶はすっかりカラになって、そのうえ水で洗ってあったからです。紗栄子がお茶を全部飲み干したのかどうか、それはわかりませんが、途中で立ってボトルを洗うのは理解しがたい行動です。なぜなら、ここで偽装したい状況は、焼き肉を食べ、ビールを飲んでいるうちに眠くなってその場に横になった、というもので、実際に喜三郎はそうやって寝そべったようですから、紗栄子が途中で立ち上がって流しでボトルを洗い出したのでは、喜三郎が目を覚ましてもいけませんし、喜三郎が自分に睡眠薬入りのビールを飲ませたという推測をもたらしたいのなら、なおさら途中で立ち上がった痕跡を残さないほうが賢明だからです。そもそも紗栄子は、自分しか口にしないハトムギ茶のボトルを、なぜ洗う必要があったのでしょうか。

ここで同時に考慮しなければならないのは、隣りの寝室のガラス戸のサッシについた紗栄子の口紅の跡です。これは喜三郎と紗栄子の愛の行為の途中でつけられたものではないかという推測がなされているようですが、函館の四月はまだ寒いですから、裸になるのなら窓を閉めるのではないでしょうか。それよりも、一酸化炭素が充満しだした居間を逃れて、紗栄子がここへ外の空気を吸いに来た、と考えるほうがずっと自然です。おそらくは喜三郎の中毒死を確保するために、あまり空気を部屋に入れないように、ガラス戸をすこしだけ開けて、自分はそこから顔だけ出して空気を吸おうとして、思わず唇をサッシにつけてしまったのでしょう。そうだとすればそれは、喜三郎だけを死なせて自分は生き延びようとしていた紗栄子の意図を如実にあらわしていることになります。

ところが実際には、紗栄子は居間で死んでいましたし、現場が発見されたときの北都留奈々子の証言によると、居間だけでなく、寝室の窓もぴったり閉じていました。誰かが窓を閉めたのです。その前に、紗栄子は眠り込んでしまったのです。どうしても眠くてたまらないので、紗栄子は寝室の窓際に横になって、きれいな空気を吸いながら、ここでならすこしうとうとしてもかまわないと考えたのでしょう。だから紗栄子の口紅は、サッシの低いところに付着していたのでしょう。

ですから、そこから紗栄子は居間へ運ばれたのです。運んだ犯人が窓を閉めたのです。そうやって紗栄子と喜三郎が、心中を図ってほとんど同時に死んだと思わせようとしたのです。寝室の窓付近の床のカーペットに紗栄子の爪の跡がうっすら残っていた事実は、このようにしてもっとも適切に説明されるはずです。なぜ右手の爪にカーペットのくずが入ったか、考えてみると、紗栄子は左腕を下にして横向きに寝て、左右の手を身体の前に置いた状態で眠っていたのです。このとき左手は上向きに開いていますが、右手は下向きです。あの部屋の隅近くに頭を置いて、ベッドに平行に、外を向いて横になろうとすると、自然にそういう姿勢になります。ガラス戸をすこし開けたのも、おそらく右手でやったのでしょう。そのまま眠りに入ると、右手の爪はほぼカーペットに触れる状態です。

その位置から紗栄子は、足を持たれて居間のほうへ引っ張られたのです。眠りが深ければその程度では目を覚ましません。途中であおむけにされて、ずるずると居間まで引きずられ、捜査陣が発見した姿勢になって移動は終了します。小柄な女性だった紗栄子の身体を家の中で引きずるのは、大した苦労ではなかったでしょう。家の中には一酸化炭素が充満しているので、犯人は途中でできるだけ呼吸をしないようにすることが必要で、苦労はむしろそこにあったかもしれません。それでも十秒か二十秒あれば、紗栄子を移動させることはできたはずです。終わったらベッドの脇の開いた窓へ戻って、深呼吸することができます。もちろん最終的には、その窓をぴったり閉めて外へ出なければなりません。

ここで大切なことは、隣りの部屋へ移動させている途中で、紗栄子が目を覚まさないようにすることです。そのためには紗栄子を、あらかじめぐっすり眠らせておかなければなりません。

紗栄子は喜三郎に飲ませるビールはたくさん飲まないように注意していますから、犯人はハトムギ茶に睡眠薬を溶かしておかなければならなかったのです。それがハトムギ茶のボトルと茶碗を犯人があとで水洗いした理由に違いありません。つまり犯人は、紗栄子が喜三郎を事故または無理心中に見せかけて殺害しようとする計画を利用して、一緒に紗栄子までをも殺害することをたくらんで、一応それに成功したのです。

もう言うまでもないと思いますが、犯人は紗栄子がこの日明け方まで喜三郎宅にいて喜三郎殺害の計画を立てていることを知っている人物で、かつ紗栄子のハトムギ茶に細工をするチャンスがあった人物ということになりますから、糸川豊以外にはいません。

豊は二十九日の夜、マリアと朝まで一緒にいたことになっていますが、二人とも途中で寝てしまったと、一致した証言を残しています。もちろん、睡眠薬を使ってマリアを深く眠らせれば、午前二時ごろから三時ごろまで、一時間程度外出してもマリアには気づかれなかったでしょう。一時間あれば、豊ならオートバイで桔梗町の喜三郎のマンションへ行って、必要な作業をして帰宅することも十分にできたはずです。もちろん、こういうときのために、進一としての免許の取得の前に、五〇ccのオートバイを買っておいたわけです。豊なら運転は得意ですから問題ありません。また喜三郎の部屋の合い鍵は、紗栄子のものをあらかじめこっそりコピーしておいたのでしょう。

午前二時ごろ喜三郎のマンションに行って、まんいちなにか支障があって、紗栄子または紗栄子と喜三郎両方がまだ生きていたのなら、あるいはまだ起きていたなら、計画を変えてなにもしないで帰ることもできたでしょうし、二人がすでに死んでいたら、やはりなにもしないで帰宅すればよかったのですから、これは豊にとって比較的危険の少ない計画でした。それだけ紗栄子の喜三郎殺害計画が豊の役に立ったわけで、ひょっとするとこの計画は、そもそも豊が思いついて紗栄子に実行させたのかもしれません。

豊はこうして、進一になりすましながら、もともとそういう生活を提案したはずの紗栄子まで殺害してしまう結果に至りました。それはどうしてだったのか、他人になりすます人生は、いくら経済的に恵まれていても、自由を求める少年の時代には、やはりあまりにも窮屈で、がまんができなかったのかもしれません。それに加えて、他人になりすますきっかけが、残酷な放火殺人事件として始まったことによって、暴力に対する歯止めが、かれの中で失われていたのかもしれないとも思います。だから偽物であることが円佳にバレかけたときにも、すべてを捨てて逃げ出すのではなく、紗栄子をも巻き込んで円佳を殺害する方針をかれは選びました。そして次には、より大きな自由を手にするために、喜三郎殺害を紗栄子とともに計画しながら、その裏側で、紗栄子自身をも手にかけることをひそかにもくろんでしまったのです。これらすべての背後にある恐ろしいエネルギーは、豊自身でさえ当初気づいていなかった種類のもので、それを考えると、ぼくは豊が文字通りの意味で自分を見失っていたのではないかと思わないわけにいきません。つまり、自分自身でなくなるというのは、そういう恐ろしい可能性を常に秘めているものだと思います。どうせ自分は自分ではないんだ、自分は他人なんだと考えるとき、まるで自分を成り立たせているすべてのエネルギーが、敵意となって周囲へ噴出するかのように、人はモンスターになりうるのだと思うのです。

いっぽう、紗栄子は魅力的な女性だったと思います。実家の困窮をすこしでも補うために、自分の魅力を活《い》かして渡会家の青年たちに近づき、陽二郎と結婚したのは希望の通りだったのですが、その前に知り合った喜三郎をも魅了してしまい、しかも轢き逃げ事故をきっかけに、縁が切れない関係になってしまったところが悲劇でした。陽二郎との幸福な生活に邁進《まいしん》するために、慶太郎医師を通じて養子までもらい受け、必死に家庭を守る姿を喜三郎に見せようとしましたが、それだけで喜三郎が諦めることはなく、ずるずると二重の生活が続いて、その証拠のようなヌード写真が増えていったのです。それでも進一がいることによって、ずいぶん希望通りの生活が続けられたと思うにつけても、火事によって夫ばかりでなく、息子まで失うことには耐えられなかったのでしょう。怖かったのでしょう。自分を手に入れるために放火殺人まで引き起こしたと直感する男のそばにいることが、怖くないはずがありません。その意味では、最初の殺人鬼は喜三郎だったのですが、喜三郎から身を守りたい姿勢が、紗栄子をも、そして進一となって暮らし始めた豊をも、次の殺人鬼に変えてしまったことになります。紗栄子はどこで踏みとどまることができたのか、わからないし、わからないまま、運命に翻弄《ほんろう》されただけだったのかもしれません。

こうして、三件の殺人事件がそれぞれひと月以上の間隔を置いて、密接に連関しているのだけれどもばらばらに起こったように見え、実際すべての犯人が異なるというこの事件の特異性、それがもたらす推論の困難は、こうしてなんとかクリアしたのではないかと思います。

長々としゃべってきましたが、言うまでもなく、ぼくの話の根拠の大部分は、捜査本部の皆さん、それに室蘭南署の山背警部補をはじめ、協力していただいたすべての方々によって集められたものです。ぼくがしたことはせいぜい、集まった材料をうまくアレンジして、調味料を振りかけただけのことです。これで終わります。皆さん、どうもお疲れさまでした」

ジャン・ピエールは一礼した。たしかに今までの説明会で一番時間がかかったが、最後にはっきり一礼したのはこれが初めてだと俊介は思った。ジャン・ピエールがやはり大人になったということなのか、それとも今回の事件の特殊性が、なにかジャン・ピエールに考えさせるところがあったのだろうか。

金沢方面本部長は立ち上がって、会場の拍手の中、礼を述べながらジャン・ピエールに近づくと、マスクをつけるいとまも与えず握手を求めた。それから席に戻ってくると、小声でありがとう、ありがとう、と言いながら、俊介の手まで両手でがっしり握ってきたのには驚いた。

12

豊の取り調べは最初は不愉快だった。病院で目が覚めたとき、さっそく自分は糸川豊だと言ったのに、待って、と自分を押しとどめて、あなたは今から渡会進一になってちょうだい、と言って、ぼくを説得したのはあの人だったんだ、としきりに責任を紗栄子になすりつけようとした。

豊は去年の十月、七飯の渡会を訪ねたことがあった。札幌のアルバイト先のバーで渡会進一と見間違えられ、半年ほどのあいだに二回そんなことが続いたので、そんなに似てるものかと思い、室蘭に帰ったとき母親の静代に話すと、じつはあんたを産んだとき、双児だと言われて、二人は育てられないから産婦人科の先生のつてで、子どものない家にもらってもらった。そこがどこのどんな家か、先生は教えてくれなかったから、私も知らなかったし、諦めて忘れるようにしていた。私には豊だけいればいいんだから。お父さんにあたる人は、室蘭にしばらく転勤していた製鉄会社の人で、東京に奥さんがいる人だったから、最初から結婚はできないとわかっていたけど、私はおなかの子がいとしくて、私一人でも産んで育てるつもりで、すこしだけお金をもらってその人とは別れた。母親はそんな話をした。

自分はただ好奇心で、進一という自分と瓜二つの男に会ってみたいと思い、七飯に来たのだ。渡会の家を探し当てて、家の様子を見ていると、中から出てきた奥さんに声をかけられた。それが紗栄子だった。今は誰もいないからと家の中に入れてくれた。

紗栄子が言うには、あなたが進一と双児の人だということは見てすぐにわかった。室蘭のどなたかの双児の一人をいただいたことは聞いた気がするが、詳しい事情は知らされていないので、今まで連絡することもできなかったし、すべきでないとも思っていた。進一も最初から自分たち夫婦の実子として届けてあり、まだ出生の秘密も話していない。

だから今、私も動転しているくらいだから、あなたと進一が顔を合わせるとなると、本当のお母さんのところにいるあなたはそれでいいかもしれないが、進一がどんなショックを受けるかわからない。しばらく進一には会わないつもりで、こちらにもなるべく連絡を取らないでいてくれないだろうか。身許が知れたのはありがたいことでもあるので、いずれしかるべきときが来たら、必ずお母さんには連絡して、お礼もするつもりだ。紗栄子はそう言って、今あるだけだけど、と言って現金二十万円を封筒に入れて豊に渡した。

豊は室蘭へ帰って、その現金をそのまま母親に渡した。母親は、もう一人の子はなんて名前なんだい、と名前を訊き、それにしてもこんなに包んでくれるなんて、しっかりしたおうちでいかったね。さぞ大きいおうちに住んでるんだろうね、と言って笑いながら泣き、家の様子を話してやると、なんだか本当のお母さんのところで育ったおまえのほうが、損したみたいで申し訳ないね、と言って泣いていた。そんなことないよ、母さん、そんなことないよ、と豊は言った。その日二人は久しぶりに中央町《ちゅうおうちょう》へ出てうなぎを食べた。

紗栄子と糸川静代が昔室蘭のホテルで知り合いになったというのは、もちろん作り話だ。双児を育てるそれぞれの母親同士が偶然に出会って友達になるなんて、話がうますぎると思ったが、いずれ豊は何度も室蘭へ行ってあれこれ静代に説明をしなければならないし、その行き帰りを誰に見とがめられないとも限らないので、紗栄子と相談して、静代は紗栄子の友達だという方向で事情をでっちあげ、それを静代にも説明しておくことにしたのだ。年賀状のやりとりなどしているはずもないし、火災事件のあと静代が紗栄子に電話をかけた事実もない。

次に豊が七飯に来たのが、一月二十日だった。遅く行ったのは、進一が帰宅していれば、顔を見る機会もあるかと思ったからだった。紗栄子をあわてさせるつもりはなかったが、また金を包んでくれるなら、進一に会わないままで帰ってもいいと思っていた。またそのうちくればいいからだ。渡会の暮らしぶりから見て、多少金をせびっても迷惑にはならないだろうと思っていた。なにしろ双児に関しては、こちらが本家なのだ。ただ、そのころには進一が、やっぱり身内なのだと思えるようになっていた。しばらくしゃべって、性格や趣味の共通点などを探ってみたい気もしていた。

ところが渡会宅に着いてみると、窓から煙が漏れ出していて、とっさに火事だと思った。急いで玄関を開けて中に入ると、上がってすぐの居間が一番燃えていて、とりわけ親父さんらしい人はもう黒焦げになって倒れていた。すこし離れて座った進一らしい若い男はまだそれほどでもなかったので、なるほど自分とそっくりだと思いながら、脱いだコートで身体をくるむと、抱きかかえて外へ連れ出した。消火器なんかどこにあるのかわからなかった。頭にあったのは、子どものころ指に火傷をしたとき雪で冷やして治したことだった。

抱きかかえたとき、進一のまぶたがすこし動いた。進一、わかるか、と声をかけた。進一はうっすら目を開けたが、そこにおそらく見知らぬ男、というより自分自身としか思えない男を発見して、とまどい、おびえた様子だった。豊は歩き出しながら、おれはおまえの双児の兄だ、わかるか、おまえは弟だ、と言った。すると進一はわかったのかどうか、静かに目を閉じて、二度と開くことはなかった。そのころには抱いているコートが中からくすぶり出して、自分にも熱が移ってきた。がんばって一番雪が深いあたりまで運んでそこへ沈み込ませた。すると安心したのか、自分も気を失ってそこに倒れた。

「その時点できみは、進一君と入れ替わってやろうとは思ってなかったのか?」と俊介は尋ねた。

すると豊はこちらをあざけるように笑って、

「そんなこと、考えるヒマなかったよ。仮にあったって、どうしようもないべや。外に運び出すのがやっとだったんだから」

その後豊は人事不省の状態が続いた。目が覚めてみると、紗栄子は自分が糸川豊ではないかと疑っていて、自分が正直に名乗ると、そう思ったわ、オートバイの免許証を見たし、と言った。自分は気絶するまでの状況を話した。すると驚いたことに、進一は降る雪に埋もれて、自分が横たえてやった場所にまだそのままいるらしいことがわかった。もちろんもう絶命しているだろう。豊は紗栄子に進一との最後のやりとりを伝えた。紗栄子は泣きながら、ありがとう、ありがとう、と言った。それから涙をぬぐって、今夜にでも現場へ行って確かめてみるけれども、あなた、自分のことはとりあえず誰にも口外しないでおいてね。私にちょっと考えがあるから、と紗栄子は言った。

翌日から二日ぐらいかけて、自分が目を覚ましているときに紗栄子はベッドのそばに来て、新しい計画を話してよこした。進一の遺体は倉庫に収めて鍵をかけたこと。この火事はおそらく進一の叔父の渡会喜三郎の仕業であること。自分はかつて交通事故を起こしたときに喜三郎に助けてもらったので、頭があがらない立場であること。それをいいことに、喜三郎は自分を秘密の恋人のように扱ってきたこと。ただの恋人なら飽きもくるだろうが、喜三郎は自分の身体をときどき写真に収めて、女の身体がどう変化していくか、その記録を兼ねた写真集などという気味の悪い、何十年もかかる計画に夢中になっているものだから、いつまでも自分を必要としていて、やっぱり兄貴にくれてやるんじゃなかったと、昔を後悔するような台詞を繰り返してきたこと。だから自分は貰い子をしてまで忙しい身の上になって、なるべく喜三郎から遠ざかろうとしてきたこと。夫ばかりかその大事な息子までいっぺんに失ってしまっては、私はこれからどうしたらいいのかわからないし、ますます気味の悪い思いをするばかりで、あなたが助かるかどうかわからなかったあいだは、せめて進一だけでも助けてください、それなら私も勇気を出して生きていかれそうなんですと、神様に毎日、というより毎時間、お祈りしていたのだということなどを語った。

紗栄子の結論は、しばらく進一として暮らしてくれ、という豊への提案だった。状況が落ち着いたら、また好きなことをしていいのだし、そのときには自由に使えるお金が相当手に入ることを期待してもらっていい。室蘭のお母さんには、いつでも連絡を取って、心配させないようにしてかまわない。そんなこと言ったって、と豊は動きにくい口を動かして反論した。おれは進一のこれまでの生活をなにも知らないんだよ。勉強だってぜんぜんダメだよ。それはだいじょうぶ、記憶を全部失ったことにすればいいんだから、と紗栄子は説得した。私すこし調べてみたんだけど、ショックな体験が引き金になって起きる記憶喪失っていうのは、いろんなタイプがあるし、治るか治らないかも本当に人それぞれみたいなの。あなたがなにも覚えてないと言えば、きっとそれで通ると思うわ、変な精密検査なんかしようとしたら、私が反対するんだし。だから安心して、私を助けると思ってこの計画に乗ってほしいの。

豊はうまくいくかどうか不安だったが、病院で寝たままで心細い自分としては紗栄子の言うことを聞かないわけにもいかず、ここで室蘭の母親に連絡しても余計事態を混乱させるだけだと考えて、提案を諒承したのだという。実際に豊にそういう不安はあっただろうし、今になってそれを拡大して語っている面も当然あるはずだった。

13

こうして紗栄子と豊の二人三脚がはじまった。入院中はまだよかったが、退院となるといろいろな問題が急に噴出した。学校の転校もあったし喜三郎への対処もあったが、最大の問題は嶋岡円佳だった。円佳はジャン・ピエールが想像したように、自分との触れ合いに進一の記憶を呼び覚ます力があるのではないかと考え、積極的に服を脱いでベッドに誘った。

豊はこんな美少女の誘いに乗らない手はないと思う反面、できるだけオドオドとふるまえば進一との違いはバレないかもしれないとも計算して円佳に接したが、抱き合っているときに指で右の肩甲骨あたりをしきりに触り、不意にあれ？　ない、と声をあげ、自分を押さえつけてそこを確認した。やっぱりなくなってる、と円佳は言った。いつも抱き合っているときには指で進一の背中のホクロをまさぐることがなんとなく癖になっていたので、それがないのでびっくりしたのだという。火傷のショックで消えたんでないかな、と豊は笑ってごまかしたが、背中の側には火傷はないので、円佳の不思議そうな表情はしばらく消えなかった。

イカの料理が進一の大好物だという点も、豊には思わぬ誤算だった。自分はイカだけは生臭くてどうしても食べられないのだ。

家に帰って起こったことを話すと、紗栄子の表情が変わったと豊は言う。それはバレたかもしれない。円佳はそこまで思わなくても、それを聞いた誰かが怪しんで調べ出すかもしれない。早いうちに円佳に消えてもらうしかないわね、と紗栄子が言うので、自分はそれに従っただけだと豊は主張した。

きみはどう思ってたんだい、と俊介は尋ねた。円佳がかわいそうなら、すべてを諦めて七飯を引き払って、室蘭か札幌に帰ることだってできたんでないかい。紗栄子が止めようとどうしようと、きみはまだ殺人なんてしてないんだからさ。

すると豊は黙り込んだ。いやあ、わかんねえ、とやがて言った。紗栄子に同情してたのかもわかんないけど。豊はいったん「同情」という言葉を思いつくと、それを振り回して弁解するようになった。同情、かわいそう、乗りかかった船、などと言った。

豊の目は相変わらずきょろきょろとよく動いたが、見るべきものなどもうなにもないと知っているかのような翳《かげ》りが、そのまなざしには感じられた。

殺害計画そのものは、ジャン・ピエールが想定した通りだった。円佳が室蘭へ行くと聞いて、その機会を利用すべきだと言ったのは紗栄子だと豊は主張した。あなた、オートバイに乗れるんでしょ。紗栄子がそう言ったのは、今までの暮らしをいろいろ話す中で、オートバイの話も出ていたからだった。進一がオートバイに乗るなんて、誰も思ってないから、オートバイで夜中に室蘭まで行って帰ってくれれば、いいアリバイ作りができるじゃない、と紗栄子が言うので、前日に札幌まで自分のオートバイを取りに行くことになったという。紗栄子がそこまで言うとは俊介には思えなかったが、反証もないので黙って聞いていた。当日の新函館北斗駅前のホテルの予約、札幌や大沼公園での給油の記録などはすでに確認されていた。

円佳の最期はあっけなかった。ホテルの部屋を予約したのは、こっそり会ってセックスするためだということが想像できていたから、円佳は抵抗なく部屋まで来て、服を脱ぎはじめた。脱がれるとあとでまた着せなければならないので、すぐに後ろへ回ってポケットに入れておいたひもで首を絞めた。え、と驚いたような声が聞こえ、耳の下に手を当てていくらかロープを引っ張っただけだったという。

喜三郎と紗栄子の事件についても、やっぱり喜三郎を殺さないうちは安心できないと紗栄子が言い、七輪を利用した一酸化炭素中毒で事故死したように見せかけ、紗栄子自身はなにかの偶然で一命を取りとめる、という計画を立てたのだと豊は言った。

だけど、そのとき一緒に、事故に見せかけて紗栄子も殺してしまおうと考えたのは、きみだよね？　と俊介は言った。責任を問われる、言い逃れのできない行動については、豊は口が重くなった。

紗栄子と喜三郎の死が心中事件として扱われ、もしすべてがそのまま終わっていたら、どうするつもりだったのかと俊介は尋ねた。折りを見て、財産をなるべく現金にして七飯を去ろう、室蘭に帰ろうと考えていたという。母親の静代にもそう言って安心させていた。いつかしようと思っていた親孝行を、変なかたちですることになってしまったが、親孝行に変わりはない、と割り切って考えていたという。

紗栄子のほうは、入院中もあれだけ世話をしてもらったのに、母親とは思えなかったのか、と訊くと、豊はかすかに苦笑して、母さんは一人でたくさんだで、と言った。

なにか言いそうだったのでしばらく黙っていると、やがて豊は、なんか、おらいの母さんばバガにすっからよ、と強い浜言葉《はまことば》で吐き出すように言った。

紗栄子がかい？　どういうこと？

豊はため息をつき、しばらく黙っていた。このときばかりは一点を見つめていた。

紗栄子が母親だとはとても思えなかった。室蘭の母親にはないいい匂いのする、色気のある女だと思って、なるべく言うことを聞くようにしてきただけだ。自分は自由になって室蘭に帰りたかったので、紗栄子も一緒に死んでしまえばいいとぼんやり考えるようになった。それでも残酷なことはしたくなかったので、しばらく迷っていた。そのうちに紗栄子が女として自分のものになるなら、しばらく一緒に暮らすのも悪くないと考えはじめたという。だが、事件前日の夜、豊が紗栄子の肩に手をかけると、紗栄子は驚いたように振り向いて豊の表情を読み、その手を強く振り払った。一回ぐらいいいべや。母さん、こうやって毎日一緒に暮らしてれば、おれだって男だもの。その気になるべや。そう言って豊は紗栄子の胸に触ろうとして、さらに強く撥《は》ねつけられた。

したら、喜三郎が死んだら、もういいのかい。もう母さんは、誰もいなくなるんだからいいんだべ、豊がそう言うと、あなた、まだわからないの、と紗栄子は言った。それが人間の全部の苦しみの元なんじゃないの。円佳ちゃんがかわいそうなことになったのだって、それが元なんじゃなかったの。そう言われて黙っていると、あなたのお母さんがあなたがたを産んだのだって、それが元なんじゃなかったの。紗栄子はそう言うと急に泣き出し、立っていって一人で泣いていた。豊には意味がわからなかったが、紗栄子を襲うことは諦めるほかなさそうだった。そう思うと、それなら用はないから喜三郎と一緒に死んでもらおうか、とひそかに決意することになった。

紗栄子が言う全部の苦しみの元とは、愛情なのだろうか。性欲なのだろうか。俊介から見れば、どちらにしてもそこには喜びもあり、苦しみもあって、どうしようもない現実だと言うほかなかったが、身体つきも立派な美人に生まれついたのに、紗栄子にとっては苦しみのほうが大きかったということなのだろうか。なにかボタンをかけ違ったということなのだろうか。

十九歳のデートの夜、轢き逃げ事件のあと、紗栄子は喜三郎に身体を与えたのかもしれないと俊介は思った。その経験が喜三郎に、紗栄子に対する執着を植えつけてしまったのかもしれない。

性と愛情を否定され、あなたのお母さんだって、と言われて、豊は自分を否定されたような気になったのだろうか。そうかもしれないが、紗栄子の言う通り、それがすべての人間がしてきたこととどれほどの違いがあるのかとなると、俊介にはよくわからなかった。

計画では、睡眠薬で喜三郎を眠らせ、喜三郎の背後のガラス戸を閉め、七輪の空気口を大きくして灯油ストーブもつけてから、紗栄子は隣りの寝室へ行ってガラス戸を開けて朝を待つことになっていた。あとで寝室とのあいだのふすまがすこし開いていたので、そこから空気が吸えて自分だけ助かったことにすればいい、と言っていた。

当日、紗栄子が喜三郎と一緒に眠ってしまえば話が早い、と豊は思っていたので、紗栄子のハトムギ茶のボトルに睡眠薬を混ぜておいた。深夜一時半ごろ、一緒にいた川野マリアがぐっすり寝入ったのを確かめてから、手袋をして喜三郎のマンションに行ってみると、部屋の中はほぼ想定通りだったが、紗栄子は自分を襲う睡魔を察してか、寝室のカーペットの上で眠りこけて、わずかに開いたガラス戸に口を近づけた姿勢だった。そこで豊は呼吸を止め、紗栄子の足を持って居間まで引きずっていった。もちろん紗栄子はまだ生きて呼吸をしていた。目を覚ましたら、自分の計画は中止して、紗栄子が心配だから様子を見に来たと言うつもりだったが、目を覚まさなかったので居間まで運ぶことができた。引きずった際の衣服の乱れには気をつけたつもりだが、カーペットの爪の跡やガラス窓の口紅には気がつかなかった。それからハトムギ茶のボトルと茶碗を洗い、座卓に戻してようやく外へ出た。

そのときは、どんな気持ちだった?

せいせいしたね、と豊は笑って言った。自分に戻ったような感じ。ああ、これで室蘭に帰れると思ったな。やっぱりあの人の計画は、最初から無理だったんだよ。つきあわされて、おれまでひどいことになっちゃった。豊は笑いかけたが、俊介が取り合わないので真顔に戻り、またきょろきょろとあたりを見やった。


「あれは母恋の息子だな。ジャン・ピエールの言う通りだべ」と言って山形は笑った。

「母さん恋しいって、偽物の母さん殺して室蘭に帰るとこしてたんだべさ」

「そういう振りをしただけかもしれませんよ。親孝行をしたいって言えば、こっちが納得すると思って」

「ははは、信用しねってか。おめも年くって、性善説やめたってかい」

「いや、そういうわけでないけど、なんか豊って野郎は気に入らなくてね」

「おれだって気に入らねえさ。だけど、最初は善意で、進一ば助ける気になってたんだべさ。そったら悪いガキでもなさそうでないかい」

「山さん、おれの性善説、伝染しましたか」

「ははは、んだがもわがんねな。母親の静代さん、今朝こっちさ着いて、山背さんが話聞かせてるとこだけどさ。あのボウズに、母さん来てるど、会いたいかって訊いたら、黙って下向いて、ちょこっと涙こぼしてたさ。ははは、あれもウソ涙だったかもわかんないけどな」

「いや……本物だと思う、ことにしようかな」

豊は冷酷な殺人者だが、初めからそうだったわけではない。突然ひどい火傷を負って渦中に巻き込まれた。渦の中でなにかが目覚めて、反転攻勢に出た。そのエネルギーを豊は自制できなかった。それも運命だったのか。それも紗栄子の言う「人間の全部の苦しみの元」から来たのだろうか。

14

「今回は、地球岬がすばらしかったです」とジャン・ピエールは言った。

「清弥子ちゃんはまだ、行ったことないの？」

「ない」と答えて清弥子はうらめしそうな顔をする。一緒に行きたかったのだろう。

「じゃあ、清弥子ちゃんも将来、新婚旅行で行けば？」

「行かない」と清弥子はうつむいて首を振る。明らかに不機嫌だ。

「どうして？」

「あたし結婚なんかしないもん」

「どうして？」と智子が顔を低くして尋ねるが、

「しないもん」

「そりゃ、結婚しなくても、ちっともかまわないと思うけど」とジャン・ピエールは笑って言った。

「ジャン・ピエールさんは、フランスでいい人できたんですか？」と智子。うなだれたまま、清弥子が耳をロバのように大きくしているのを智子は知ってにやにやしている。

「いやあ、いい人の感覚が、日本とフランスでは違うみたいで、なかなか慣れません」

「どう違うの？」

「さあ……それも研究課題ですかねえ」

入院していたジャン・ピエールの叔父は、急場を乗り越えて回復してきていた。あと三日でジャン・ピエールはフランスに帰る。今度こそ最後になるかもしれない。万感の思いを込めて、俊介はジャン・ピエールにあらためて礼を言いたかったが、なにも言えない。今日しかジャン・ピエールに会えない清弥子が、早くも不機嫌になっている気持ちがわかる気がする。

ジャン・ピエールはパリ大学の博士課程に在籍していて、来年学位を取って大学の教員になる予定だという。俊介には想像もつかないが、ジャン・ピエールならきっと難しいことではないだろう。

「清弥子ちゃん、中学生になったころでも、一度フランスに来たらいいじゃない？」とジャン・ピエールが誘う。舟見家にとって、経済的な意味で危険な誘いだが、清弥子の顔は急に明るくなる。

「ほんと？　行っていいの？」

「ぼくが許可を出す問題かなあ」とジャン・ピエールは笑って、

「そのころまでには新型コロナの薬ができて、もう騒動は収まってるでしょう」

「行ったら、会ってくれる？」と清弥子は思い切って尋ねる。

「もちろんだよ。あちこち案内してあげるよ」

清弥子は感激を胸に収める一拍を置いてから、

「ぜったい行く」と父親に向かって宣言する。

「うん、だけどまあ、まずは地球岬が先だろう」

「えー」

「一度行っておいたほうがいいよ。それから外国に来れば、地球岬にまた行ったときに、海の向こうになにがあるかわかるから、もっとすばらしいと思えるんじゃないかな。ね、二度楽しめるじゃない。ははは、そのために外国へ行くわけじゃないけど、あちこち行ったあとでの地球岬っていうのは、いろいろなことも思い出されて、とってもいいフィナーレになると思うよ」

「ほんとにぼくら、いろんな岬を一緒に回ったものね」と俊介が思わず言うと、

「そう、たくさんの美しい岬に囲まれているところも、函館のすばらしさですね。その意味でも地球岬って、すごくいいフィナーレですよ」ジャン・ピエールはそう言って、名残り惜しそうに、すこしだけさびしそうに笑った。

了

この作品は書下ろしです。

※この作品はフィクションであり、実在の人物・団体・事件とはいっさい関係ありません。
作中の地名なども、実際とは異なる部分があります。

平石貴樹（ひらいし・たかき）

1948年北海道生まれ。東京大学文学部教授などを歴任し、現在は同大名誉教授。'83年に「虹のカマクーラ」ですばる文学賞を受賞後、推理小説を中心に発表。2016年『松谷警部と三ノ輪の鏡』で本格ミステリ大賞最終候補に。ロジックを重視した作品に定評がある。その他の著書に『だれもがポオを愛していた』『フィリップ・マーロウよりも孤独』『サロメの夢は血の夢』『スノーバウンド@札幌連続殺人』『潮首岬に郭公の鳴く』『立待岬の鷗が見ていた』『葛登志岬の雁よ、雁たちよ』など。

室蘭《むろらん》地《ち》球《きゆう》岬《みさき》のフィナーレ

2024年6月30日　初版1刷発行

著　者　平石《ひらいし》貴《たか》樹《き》

発行者　三宅貴久

発行所　株式会社 光文社

〒112-8011　東京都文京区音羽1-16-6

電話　編　集　部　03-5395-8149

書籍販売部　03-5395-8116

制　作　部　03-5395-8125

URL　光　文　社　https://www.kobunsha.com/

組　版　萩原印刷

印刷所　萩原印刷

製本所　ナショナル製本

ISBN978-4-334-10358-3

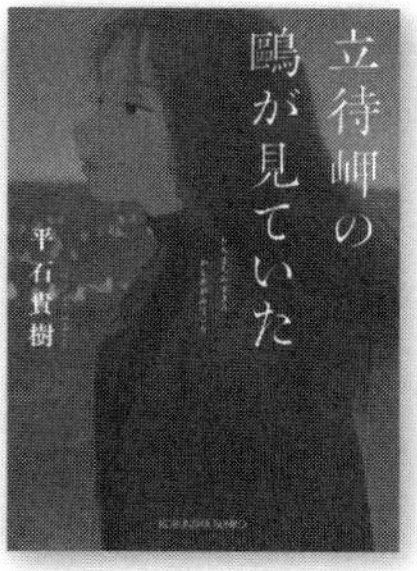

『潮首岬に郭公の鳴く』に続く
函館物語第二弾！

立《たち》待《まち》岬《みさき》の
鴎《かもめ》が見ていた

美貌の作家として注目され始めた柚木しおりは、5年前の未解決事件の関係者だった。彼女の作品を読んだことをきっかけに、
舟見が当時の記録を辿り始めると——。

光文社文庫 ●770円（税込）

函館物語第三弾！

葛《かつ》登《と》志《し》岬《みさき》の
雁《かり》よ、雁たちよ

函館近郊で、ある家の主婦が殺された。
犯人に繋がる糸口の見えないまま、もう一つの殺人事件が起きる。
どちらも被害者の額に十字の傷跡が——。

●1,870円（税込）